蘋果日報　地震　拒絕入境　反洗腦
自由廣場　教書生涯　阿莫多瓦　自由行
選舉　網　騎腳踏車　鄭多燕　不可思議
友　同意的請舉手　政府　按　支持。
Sorry Sorry　公開信　讚　民主力量
再飲一杯紅酒

Wang Dan's Page
王丹Facebook
精選輯

禁刀令　北京當局　民主自由
恍如隔世　臺北　紐約時報　瘦　愛臺灣
勝文事件　走春　坦克　民主萬歲　人民日報　哈佛
中國沙龍　社會主義國家　罪名　泡麵　抗議
吾爾開希
前的今天　都沒有人要跟我去夜唱

六四　編輯來信　羅文嘉　淡定　光輝歲月
艾未未　上街買便當　悶
茉花革命　公共知識分子　北韓又把我逗笑了　推特
日起復出江湖。　讀　中共　五毛
事早點洗洗睡了　減肥　我的理想城市
貓了個咪的　蔡英文　奇摩　清華大學
革命口號　臉書又改版　我們憑什麼忘記
已哭
《沒有煙抽的日子》民主萬歲　凍蒜　思想
績　反媒體壟斷　全民思潮　國家　諾貝爾和平獎
績。　小時代　寫首詩吧　機密　推　民主化
一些俗氣的活動吧　華人民主大學　臺獨
月學　反貪腐　呵　炫耀文　讀者　小清新
寒　不再年輕的標準　無語
別滑稽　傅斯年　陳為廷　翁山　王
《北京之春》　草　蘇姫　丹
北大　泥　民進黨　Wang
崔健　馬　有一些早晨　Dan
誤　著

走過時代，書寫時代；
字裡行間，王丹Online。

小萌
確幸

2014、4、16
瞄自王丹 Facebook

Wang Dan's Page

【代序‧王丹的人生小攻略／筆記書用法】

雖然現在是數位時代，但不要小看手寫的意義。
就像不管我們多耽溺社群，也要為社運走入人群。

人生，每一天都像革命。

當各種各樣的一堆事情要同時處理的時候，我比較會提醒自己不要慌亂和發愁，也不要緊張和著急，那都沒用。首先靜下心來。

然後，攤開一張白紙；或者，最好是這本筆記本。
除了讀一讀我的詩文與生活日常，接著把要處理的事情一一羅列出來，一條也不要遺漏。然後，從第一條開始，立即動手處理，一分鐘也不要猶豫。

做這件事的時候就專心做，不要想下一件。
完成一件，休息一下，再去做下一件。
只要這樣去做，通常，我會發現，原來以為雜亂一堆的事情，其實轉眼也就做完了！

然後，你就有更多的時間，上我的 Facebook《Wang Dang's Page》按個讚了！

I · 時代

II · 文青

Wang Dan's Page

Wang Dan's Page
王丹 Facebook 精選輯

III · 生活

Wang 王
丹 Dan

Wang Dan's Page

時代

☑ 他，是「六四」的政治犯；

☐ 他，也是大受歡迎的「丹丹教授」；

☐ 他，更是情感豐沛、風趣幽默的民運文青！

Wang Dan's Page

你憑什麼忘記「六四」?

　　1989 年 6 月 4 號，北京槍聲大作，長安街上坦克橫行，示威民眾死傷慘重，中國見證了歷史上最黑暗的一夜。爾後每年這一天的夜晚，讓我們點起萬千燭光，為了死難者，更是為了中國的明天。

「六四」21 周年致辭：我們憑什麼忘記？！

2010 年 6 月 3 日

「六四」21 周年即將到來之際，我收到一封來自香港的電郵，大意如下：

王丹你好：

我是香港的 XX。今年清明前夕獨自一人在天安門廣場拍了這些照片，為紀念六四二十一周年。送給你及曾為民運流過熱汗熱淚熱血的生死難者，還有天安門的母親。

一直有一心願，能在天安門廣場上，高唱《血染的風采》，但四方八面的閉路電視，秘密員警及公安，我辦不到！我可辦到的只可看著曾染血的地磚，人民英雄紀念碑及毛主席的照片，默默的低聲地唱畢整首《血染的風采》，兩行眼淚一滑而下。

1989 年，我十五歲，被深宵直播新聞的畫面，嚇傻了！臂上掛上黑紗，放學後跟同學們不停地將關於六四的報紙影印本，放入白信封內，寫上中國各地商貿公司的地址（特別是內蒙及西藏地域），不知道合共有多少封，肯定有過千封。之後每人分別放入不同地區的郵筒寄出。希望當年他們真的收到我們的信！

Wang Dan's Page

在平反六四的遊行中，叫喊著口號，灑著淚和汗，一個在殖民地長大的十五歲的我，一直在想「究竟這是一個怎麼樣的世界？」真的也太真了，做假的也太迫真吧？如果當日我可以的話，我相信我會搭上飛機，跑到天安門廣場上，為你們支援。

二十一年了，六四仍未平反。但我希望真的有一天，在藍天白雲下的星期天，我們數百人、甚至數千人，猶如天壇公園的老伯伯老婆婆，圍著人民英雄紀念碑高聲大合唱《血染的風采》。

希望這一天，我們仍是黑髮，不需等到白頭。

祝一切安好！

1989 年，謝三泰　攝影

如果讓我寫下一些關於六四 21 周年的感想的話，我寧願如實轉錄這封來自香港的電郵，因為浸透在這封信中的情感，正是 21 年來不分大陸還是香港，臺灣，世界各地的華人想到六四悲劇時的那種心情的真實寫照。

它比我作為一個當事人的回憶，來得更加傷痛，更加刻骨銘心。

　　21 年過去了，我們要問的是，這樣的傷痛已經過去了嗎？表面上看，也許是。但是從這封電郵我們可以看到，其實很多人的內心還是有這樣的隱隱的傷痛，它猶如隱沒在暗處的血漬，偶爾被陽光照射到，還是會放出慘澹的光華。

　　任何一個民族，如果要健康成長，就不能不正視內心的這種傷痛。一日不擺脫這樣的內心陰影，一日就不能說我們是一個健康的成熟的民族。

　　而今天的中共，非但不去處理這樣的民族成長過程中積累的傷痛，反而試圖抹殺歷史，讓傷痛不僅無從得以減輕，反而更加深深地掩埋起來。這無疑是對民族的犯罪。

　　難道，歷史通過淹沒真相就可以成為過去嗎？難道，只要封鎖住國內的言論，曾經有的傷痛就化為烏有了嗎？這是一個掩耳盜鈴的政府，也是一個對人民和國家極為不負責任的政府。

Wang Dan's Page

也許，我們無力改變政府的行為，但是，作為人民，我們不是完全無能為力。當我們面對一個極力要我們忘記歷史的政府的時候，我們所能作的最大的反抗，就是盡我們的所能，不要忘記歷史。

有人說：「已經 21 年了，中國已經有很大變化了，就忘記過去，向前走吧。」

我的回答是：

第一， 雖然已經 21 年了，雖然中國已經發生了很大的變化，但是，我們必須看到，在中國，還有很多很多的東西沒有變化。我們看到劉曉波因為言論被判重刑，請問，這與文革時期有變化嗎？我們看到司法制度不能獨立行使社會功能，人民有冤屈只能通過上訪的方式申訴，還要受到打擊迫害，這與 70 年代末期有什麼不同？我們看到，貧富差距日益擴大，社會不滿逐漸積累，這會比 80 年代更加進步嗎？任何有良知的人，怎麼可能蒙住自己的眼睛，只去看那些變化的部分，而不去看那些沒有變化的部分呢？既然很多在 1989 年導致學生上街的問題依然沒有改變，我們，憑什麼忘記？！

第二，雖然已經 21 年了，當時作為鎮壓一方的政府，有一天忘記六四嗎？大批流亡在外的國人至今不能回國，只因為他們不願意按照使館的意願，承認自己當年的行為是錯誤的，請問，政府有忘記六四嗎？今天在中國，六四仍然是最敏感的詞彙，不要說民間，連官方都閉口不談，這樣的敏感度，請問，政府有忘記六四嗎？那些天安門母親們，他們沒有任何政治動機，如果他們申請去天安門廣場，為自己死去的孩子點燃一支蠟燭，政府會同意嗎？這一切，都證明了一件事，那就是，當年開槍殺人的那個政府，他們一天也沒有忘記六四。

　　我的問題是：如果，作為殺人者，都沒有忘記；我們，憑什麼忘記？！

　　所有中國人，都希望我們的國家，是一個我們可以為之驕傲的國家。但是，如果僅僅發生在 21 年前的一件重大事件，全世界都知道，只有我們自己不知道。我們能夠驕傲得起來嗎？這是我們希望看到的中國嗎？如果不是，請你們站出來，大聲地告訴全世界：

　　儘管中國政府試圖淡化歷史，但是，我們不會忘記。

Wang Dan's Page

【編按】

關於 1989 年「六四天安門」事件

　　1989 年 4 月 15 日，前中共中央總書記胡耀邦的猝逝，引發北京學生的悼念活動，並很快就在全國範圍內演變成為爭取民主改革要求的運動，前後時間長達兩個月；示威的公眾高呼反官倒、反腐敗、民主和自由。本運動稱為「六四事件」，又稱「天安門事件（英語：Tiananmen Square incident）」或「六四」。

　　狹義上指的是中國政府於 1989 年 6 月 3 日晚上至 4 日清晨以軍隊武力鎮壓，造成眾多傷亡。因此，民運人士稱之為「六四屠城」、「天安門屠殺」等；中共起初稱之為「六四動亂」，「反革命暴亂」，近年多改用「1989 年春夏之交的政治風波」或者「六四風波」，另有「八九民運」等稱呼。

　　雖然相關的示威活動和隨後的鎮壓所發生的地點遍布全國城市，在北京的抗議活動，特別是在首都北京市天安門廣場，因該地點歷史上連結到 1919 年的五四運動，因此天安門此地點象徵了整個事件，被稱天安門事件。

（相關情報摘自網路維基百科）

📄近況更新　🖼相片　👤地點座標　📖生活要事

在想些什麼？

北京到波蘭，「六四」的黑暗與光明

歷史是如此的吊詭而令人感慨。

1989 年 6 月 4 日，北京當局以足夠發動小規模常規戰爭的武裝力量，血腥鎮壓了聚集在天安門廣場和北京市街頭上，要求民主和自由的北京市民和學生。那是中國歷史上最黑暗的一天，歷史前進的車輪在這一天為之停頓，曾經晴朗的天空烏雲密布。

而這一天，1989 年 6 月 4 日，在波蘭的歷史上，卻是最光明的一天。

波蘭在這天舉行了 40 年來第一次的自由選舉，而反對派「團結工會」幾乎囊括了國會所有自由選舉的席次。

整個蘇東地區的自由化浪潮開始到達高峰，冷戰的結束由此正式拉開帷幕。隨後在這個地區，就像多米諾骨牌一樣，共產主義的陣地相繼被攻破，一直到 11 月 9 日，柏林牆倒塌。

同樣的一天，在中國這邊，是看到民主自由的光芒逐漸暗淡；而在蘇東那邊，則是朝霞滿天。

20 年後，當我們看到東德的前朝官員說他們當年是吸取了中國六四的教訓的時候，這樣的感慨不能不帶有一絲苦澀。

這才是真正的「為他人做嫁衣裳」啊。

我不同意柴玲的主張

報載柴玲發表聲明，表示原諒鄧小平，李鵬，認為只有寬恕，才有和平。甚至還表示每天為他們祈禱。

對柴玲的個人信仰導致的這個意見，我表示尊重，但是完全不能同意。我認為，在殺人者還沒有任何懺悔，道歉，甚至還在繼續殺人的時候，被害方的原諒是沒有根據的。這樣的原諒，對六四死難者是很大的不公平。

我希望外界知道，柴玲的這番談話只代表她自己以及她的信仰，並不能代表廣大的八九同學。

我也公開呼籲柴玲，正確區分個人的信仰與是非價值判斷這兩件事。

Wang Dan's Page

驕傲

從1989年到今天2013年9月9日已經23年了，他們關押我，跟踪我，監禁我，流放我。

但是，23年過去了，我還是能讓他們感受到威脅。

對不起，我更驕傲了！

留言……

📄近況更新 🖼相片 👤地點座標 📖生活要事

在想些什麼？

回憶‧1989

　　我們要求的，無非是政府肯定學生是愛國的，而不是動亂。

　　學生用生命爭取的，其實非常溫和。但是政府寧願開槍血洗，也不肯答應。

◆楔子・1988

1988 年 5 月 4 日劉剛組織的「草地沙龍」的一次活動，那一天是北大建校 90 周年。上午胡啟立代表中央來參加慶祝大會，已經是特意挑選學生幹部參加了，但是當他講到北大的傳統的時候，因為沒有強調「民主自由」，還是被「噓」得很厲害，前幾排的領導和老校友們面面相覷。

形成鮮明對照的是，下午的「草地沙龍」邀請原科技大學副校長，4 個月前剛被開除黨籍，全國批判的方勵之老師來演講，則是圍觀者云集，掌聲雷動。劉剛組織「草地沙龍」受到當局注意後，被迫離開北京。我和一些同學就接下來這個傳統，改名為「民主沙龍」，繼續在北大 43 樓舉辦，後來又改到塞萬提斯像前舉辦，一共辦了 20 場。

Wang Dan's Page

◆ 1989・改變歷史的序幕

1989 年 4 月 15 日

　　中午，我在新街口的家中收聽到中央人民廣播電台的哀樂聲，胡耀邦早上因心臟病去世。我內心很震動，預感到會有事情發生。下午騎車趕回北大，三角地一帶已經有輓聯，橫幅出現。到晚上，輓聯，橫幅已經覆蓋三角地。當晚，我在三角地接受《紐約時報》記者採訪。

　　一份署名「北大部分師生及校友」，題為《呼籲》的大字報提出要求：「1。按最高規格料理耀邦同志喪事；2。儘快出版耀邦同志著作；3。公開澄清加在耀邦同志身上的不實之詞。」

　　北京師範大學出現一批抄自北京大學的大字報，挽聯，其中有：「耀邦已死，左派又榮，提醒國人，勿忘抗爭」等。並有對聯說：「小平 84 健在，耀邦 73 先死，問政壇沉浮，何無保命；民主 70 未全，中華 40 不興，看天下興衰，北大亦哀。」

　　晚上 19:00，中共北京市委召開部分高校和城近郊區黨委書記緊急會議，要求「積極做好學生悼念活動的引導工作，警惕少數別有用心的人煽動鬧事。」

　　19：40，人民英雄紀念碑前出現第一個悼念胡耀邦的小花圈，上寫「真正的中國共產主義戰士胡耀邦同志千古」、「永遠懷念您，顧保忠挽」。

1989 年 4 月下旬

在北大召開中外記者招待會，宣布全市罷課的決定。左邊蹲坐者是現在中國著名的作家孔慶東。

2010 年 4 月 28 日

北京市「高自聯」召開常委會，決定將名字正式改為「北京市高校學生自治聯合會」，撤銷原主席周勇軍的職務，由吾爾開希擔任主席，常委 5-7 天換屆一次。經劉剛提議，增補社科院研究生王超華為常委。決定組成對話代表團與當局指定的單位進行對話。

◆ 1989 五月 · 改變歷史的序幕

1989 年 5 月 1 日

「高自聯」與「北大學生自治會」在北大球場召開聯合記者會，由我主持。宣佈將發起五四大遊行，並呼籲全國學生總罷課。會上我宣讀了聲明，對 4 月 29 日的對話予以否定。同時宣讀的還有《高自聯對話要求草案》、《告香港同胞書》、《高全國高校同學書》等。

Wang Dan's Page

當天，高自聯通過了一份請願書，準備次日遞交，提出對話的條件：一、代表要大學生公認，不承認原來的學生會，研究生會的代表；二、政府代表應當是副委員長，副總理，政治局常委以上的幹部；三、必須有中外記者現場採訪，中央電視臺，中央人民廣播電臺同時轉播；四、時間，地點在政府和學生代表之間協商；五、必須在第二天的各大報紙刊登對話的結果，公佈下次對話的時間，地點。

　　請願書要求中央，國務院在 5 月 3 日中午 12 點以前給與答覆，否則保留 5 月 4 日遊行示威的權利。請願書是在我宿舍起草，經過王超華修改定稿的。

1989 年 5 月 2 日

　　下午與王超華，鄭緒光率北京 40 多所高校的 70 多名代表，到全國人大和國務院的辦公廳遞交昨天的請願書。晚上，袁木上電視回應，指責我們背後有黑手，拒絕接受請願書提出的要求。五四大遊行已經箭在弦上。

1989 年 5 月 3 日。

　　與一些學校的代表去國務院信訪局要關於請願書的答覆，鄭幼枚局長接待，但是完全沒有正面答覆。下午，高自聯宣佈明天將舉行全市大遊行。同時宣佈成立「對話代表團」，集合各校博士生，就經濟，政治，教育等各項議題做好與政府對話的準備，政法的項小吉任團長。

1989 年 5 月 4 日

1989，五四遊行的口號之一（我走到新華門前臨時亂編的）：「七十年前，北大學生，為了民主，不怕犧牲；七十年後，北大北大，為了民主，還是不怕！」（註）

註：今日回顧，該口號簡直童謠水準，汗！不過當時在新華門前，可是驚天動地地重複喊了幾十遍，呵呵。

1989 年 5 月 5 日

21 年前的今天：《人民日報》頭版用大號字刊載趙紫陽昨日接見亞行理事會年會部份代表時的講話。北京大學學生自治會主辦的「民主廣播站」已經開始無線廣播，在三角地吸引大批學生和居民。「高自聯」主辦的學生報紙《新聞導報》也在北大出版第二期，每期 1000 份。

1989 年 5 月 6 日

北大逐個宿舍進行問卷調查，1268 張問卷中，64.2% 的同學贊成繼續罷課。首都知識界發表致上海市委公開信，抗議整肅《世界經濟導報》，連署者包括鄭也夫、顧昕、董郁玉、王魯湘、榮劍、劉湛秋、高名璐、林京耀等。

Wang Dan's Page

1989 年 5 月 7 日

　　北大籌委會發表公告，根據 5 月 6 日對全校 1476 個宿舍進行民意調查，贊成繼續罷課的占 67.2%，主張復課的占 24%，棄權的 8.8%，因此從 5 月 7 日起開始罷課。並提出復課的五個條件：「1. 要求人民日報就其 4 月 26 日的社論，公開糾正其錯誤之處；2. 要求承認學生自治會的合法性；3. 要求國務院立即公佈調查官倒的統計數字及成立審查官倒小組，著手懲治官倒；4. 要求立即給世界經濟導報總編輯欽本立複職；5. 要求重新審議北京市關於遊行示威的十條。」

1989 年 5 月 8 日

　　學潮暫時進入緩慢發展和修整階段，對話團持續與政府接觸，但是有關方面一再推拖。北師大也表示準備重新罷課。新一輪高潮的氣氛在醞釀。我此時已經退出北大籌委會，希望能有更多新人加入。高自聯逐漸由王超華主持工作，王有才主持北大籌委會的日常事務。

1989 年 5 月 11 日

　　在人大對面的一家小飯館，開希、少方、我、程真、王文、楊朝暉等 7 人討論決定在各校發起絕食。我們當時認為，當局是想用拖的辦法瓦解學運，我們只有進一步施加壓力，才能使得學運不會半途而廢。當時我們都很希望這次學生運動能在中國政治進步的方面取得具體成果。

1989 年 5 月 12 日

　　黃昏的時候我在北大塞萬提斯像前的草地上召開最後一次民主沙龍，邀請知識界領袖人物，《走向未來》叢書主編，社科院的包遵信先生（圖片中演講者）演講。包先生在講話中高度肯定了四二七大遊行的歷史意義，稱它「超越了歷史上任何一次學生運動」。並首次提出「社會上的知識分子，應該跟學生結合起來」。後來我與包先生共同逃亡，共同關押，在那段風雨如晦的歲月中結為莫逆之交，有一段時間與劉曉波，馬少方等幾乎每週喝幾次酒，可謂相濡以沫。包先生已經過世了，讓他的在天之靈安息，是我今天堅持下去的重要精神支柱之一。

Wang Dan's Page

1989 年 5 月 13 日　下午

　　絕食學生進駐廣場，在「不達目的，誓不罷休」的口號下開始無限期絕食。北大隊伍出發前，錢理群等中青年教師在燕南園宴請絕食同學，掛出橫幅：「風蕭蕭兮易水寒，壯士一去兮盼回還。」我與開希，少方三人手挽手帶隊到廣場，旋即與王超華一起代表絕食團，高自聯召開記者招待會。

　　絕食要求：一，對話；二，修改四二六社論。當晚，絕食學生增至三千人。坦率講，這是所有歷史上的學生運動，曾經提出來的訴求中最溫和的，我們不要說沒有要求政府下臺，就是政治改革的要求都沒有提出，我們要求的，無非是政府肯定學生是愛國的，而不是動亂。

　　學生用生命爭取的，其實非常溫和。但是政府寧願開槍血洗，也不肯答應。最溫和的學生運動遇到最殘暴的政府，這才是導致六四開槍的最大原因。

1989 年 5 月 14 日

　　凌晨，陳希同、李鐵映等到廣場上，試圖勸退學生未果。白天，全市高校總動員，到廣場聲援。絕食團開始組織糾察隊。晚上，統戰部長閻明複邀請絕食學生代表到統戰部，我代表絕食團參加。王軍濤等知識界代表也與會，據說是閻明複委託他們出來在政府與學生間斡旋。

1989 年 5 月 15 日

　　戈巴契夫訪華，廣場學生在開希動議下轉移營地，留出迎賓場地，但當局仍然將歡迎儀式改到機場。下午，在「中國知識界」的大橫幅引領下，三萬多北京知識份子遊行，北大，清華教師為先導，60 多個學術機構人員參加。杭州，武漢，海口，香港等各地大中城市都發生遊行示威的聲援活動。

1989 年 5 月 16 日

　　北京各界開始大規模上街聲援學生。下午，我與開希陪同閻明複到廣場，閻表示願意自己做人質，要求學生撤退，聲淚俱下。我和開希也表態希望同學接受他的請求。之後廣場指揮部組織表決，2699 名絕食同學反對撤出，占 95%。傍晚，巴金、艾青領銜，上千名知識份子發表《五一六聲明》。

1989 年 5 月 17 日

　　嚴家其、包遵信領銜發表中國知識界五一七聲明，提出「清王朝已經滅亡七十六年了，但是，中國還有一位沒有皇帝頭銜的皇帝，一位年邁昏庸的獨裁者」，把矛頭直接指向鄧小平。上午九點，遊行隊伍大批到達廣場，持續至天黑。總人數達百萬之多。

Wang Dan's Page

1989 年 5 月 18 日

　　上午，包括開希，少方，超華和我在內的學生代表在人民大會堂與李鵬，李鐵映，陳希同等對談。李顯得焦躁不安，但是還是點名聲明：「沒有把責任加給王丹，吾爾開希的意思」。事後新華社的報導刪除了具體名字。江平等 12 名人大常委呼籲召開人大常委會緊急會議。

1989 年 5 月 19 日

　　凌晨 4 點，趙紫陽在溫家寶陪同下到廣場，落淚發表了「我老了，未來是你們的」的講話。晚上 10 點，李鵬宣佈戒嚴，廣場指揮部宣佈停止絕食，改為靜坐。我回到北大營隊，準備迎接最殘酷的可能。詳見我的《廣場的最後一夜》（《2009 年臺灣年度散文》，九歌 2009）。

1989 年 5 月 20 日

　　凌晨開始，成千上萬的群眾在北京各個路口攔截戒嚴部隊的車輛。香港《文匯報》在社論版開天窗，上書「痛心疾首」四個大字。包遵信、嚴家其、蘇曉康、王軍濤、沈大德、吳廷嘉、閔琦、陳小平等發表誓詞：「絕不向專制屈服。」

1989 年 5 月 21 日

　　戒嚴第二天，軍隊仍被堵在城外。廣場上聚集了多達一百萬的市民。全國人大厲以甯、江平、劉延東、胡績偉等五十七名常委聯名，要求召開緊急會議。葉飛、張愛萍、蕭克、楊得志、陳再道、李聚奎等七位將軍致信鄧小平，呼籲軍隊「絕對不能向人民開槍」。香港百萬人上街遊行。

1989 年 5 月 22 日

　　北京知識界萬餘人遊行。參加單位有：中央黨校、中國電影家協會、中國舞蹈家協會、工人日報社、光明日報社、中國食品報社、中國橋報雜誌社、社科院文學研究所、哲學研究所、魯迅文學院作家班以及青年理論工作者等。晚上，四通集團萬潤南在北京飯店邀請學生領袖開會，試圖勸退。

1989 年 5 月 23 日

　　廣場學生今日凌晨舉行聯席會議，八十九所高校代表參加，選舉天安門廣場臨時指揮部成員，高自聯撤回北大。下午，再次有百萬人遊行至廣場聲援學生，同時，喻東嶽、魯德成、餘志堅三人向毛主席紀念像投擲墨汁。晚上，北京知識界聯合會成立，包遵信為召集人。

Wang Dan's Page

1989 年 5 月 24 日

　　早上十時，「保衛天安門廣場指揮部正式成立」，十萬名學生參加「誓師大會」。柴玲就任總指揮帶領全場宣誓「誓死保衛天安門」。同時宣佈成立「首都各界愛國維憲聯席會議」，我任召集人。會上，我代表聯席會發表宣言《光明與黑暗的最後決戰》。

1989 年 5 月 25 日

　　天津市外經貿委副主任張煒，在天津市的表態會上公開表示不贊成李鵬的五一九講話，宣佈辭去職務。這是中共第一個局級幹部辭職抗議。張煒原是北大學生會主席，天津開發區主任。「工人自治聯合會籌委會」宣佈成立。中顧委主任陳雲今天主持召開中顧委常委會議，表態擁護戒嚴。

1989 年 5 月 26 日

　　反戒嚴成為運動主軸。下午繼續有幾十萬人上街聲援。我在北大發表「來自廣場的緊急呼籲」，建議「組成四支隊伍，每支兩百人，輪流去廣場值班，每班兩天」。李鵬下午在中南海會見尼日利亞等三國駐華大使，顯示黨內保守派在權力鬥爭中已經獲得勝利。

1989 年 5 月 27 日

　　全國人大常委會委員長萬里從美國返回後沒有回北京，在上海發表書面講話，表示擁護中央政治局常委會的重要決定。晚上七時，廣場指揮部召開中外記者會，會上，我代表「首都各界愛國維憲聯席會議」建議學生在 5 月 30 日結束靜坐，撤離天安門廣場。該建議被廣場指揮部否決。

1989 年 5 月 28 日

　　約八萬名大學生與北京市民為回應「全球華人大遊行」 的倡議，在北京遊行。廣場指揮部副總指揮張伯笠宣佈，將要利用香港捐贈的帳篷，在廣場上設立「民主大學」。香港，150 萬人參加「全球華人大遊行」，創下歷史記錄。臺北，上萬名大學生和民眾在中正紀念堂集會，聲援大陸學生。

1989 年 5 月 29 日

　　「高自聯」決定自 5 月 30 日起發動「空校運動」，把民主運動推向全國。在北京，三名「北京市工人自治籌委會」領袖被秘密逮捕。「愛國維憲聯繫會議」先改到文化書院，後改到北大繼續召開，我（王丹）離開廣場回北大主持會議。

Wang Dan's Page

1989 年 5 月 31 日

　　廣場指揮部舉行記者會，副總指揮李錄代表「首都各界聯席會議」發表聲明，指出此次學運是純粹的愛國民主運動，不受任何政治力量干擾，並提出學生四大訴求：撤銷戒嚴令、撤走軍隊，保證不秋後算帳、實現新聞自由。臺灣幾十萬學生舉行「手牽手，心連心」活動，聲援大陸學生。

1989 年 6 月 1 日　留影

（左起）柴玲、封從德、張伯笠、王超華、王丹、李錄。

1989 年 6 月 3 日　　7 時

　　劉曉波、候德健、高新、周舵等「四君子」開始在廣場絕食。日晚，軍隊或用軍車，或用其它車輛；或著便服，或列隊跑步，以多種方式從多路向廣場進發。最後在木樨地、新街口、王府井、六部口等處被群眾堵截。有輛警車在木樨地撞倒了 4 人，其中 3 人死亡。

Wang Dan's Page

◆農民來信 ・1989

2012 年 2 月 22 日

　　整理檔案，翻出一封當年學運期間，山東菏澤地區的幾位素不相識的農民寫來的：

王丹同學及全體大學生們：

　　幾個星期以來的事情，特別是戒嚴之後我與我村及我們這個地方的農民，非常擔憂你們的處境。同學們，你們吃苦啦！

　　幾天以來，首都的情況基本平靜，沒有聽到槍聲和殺聲，我們在這裡為你們祝福。

　　王丹同學，你們的行動，不僅代表了你們自己，也代表了我們廣大的農民們。我們很想和你們在一起，去爭取這場愛國運動的最後勝利。

　　王丹同學，這份信我是不打算寫的，因為有首都人民在支援你們。但是，今天晚上，我們地委的某領導，在電視上又發表了電視講話，稱你們的行動是反動的行動，我們的心又收緊了。決定給你及你的同學們寫這封信。同學們，你們一定要小心，不要大意。軍隊的鎮壓隨時都有可能發生，千萬小心。

　　王丹同學，因為你們的時間非常寶貴，我們不多說了。請你們理解我們，農民的心與大學生是連在一起的。

1989. 5. 24

◆記江平校長

　　1989 年學潮爆發，政法大學校長江平先生反對學生用遊行的方式抗議，認為太激進，他曾經坐在學校門口阻攔學生出去，被學生抬起來放到旁邊。然而，學生既然已經出去，江校長就義無反顧地站在了支持學生的立場上。他認為，學生的愛國熱情值得鼓勵，而作為校長，保護學生是自己的神聖職責。這個態度他至今未變。

◆後記

　　有網友問我：「我一直有個疑惑：同是當時所謂的自由鬥士，某些人在事件結束後就細軟跑了，過上錦衣玉食的日子，而你卻讓鐵窗吞噬了自己的青春，你是怎麼看待這個現象的？」我的回答是：「如果真的是這樣，那也是老天對我的眷顧。」

Wang Dan's Page

【延伸閱讀】
關於六四，不可不看的一本書

《六四獄中回憶錄》

　　「人的一生，難得遇到幾次重大的歷史事件，因此一旦適逢其會，往往會在心中留下極為深刻的記憶。現在距離我被捕已有五年之遙，但當時的經歷和感受我仍記憶猶新。」

　　　　　　　　　　　　　　　　　　——王丹

王丹　・　著
渠成文化　・　出版發行

近況更新 相片 地點座標 生活要事

在想些什麼？

這些事，理所當然

如果共產黨說什麼，你就信什麼。那就
不是共產黨的問題，而是你的問題了。

◆極權，你的名字叫《國王的新衣》　　2010 年 4 月 4 日

《國王的新衣》的故事大家耳熟能詳，但是落實到面對極權，追求正義的事情上，這個故事的意義還是極為值得提倡的。如果大家都站出來説「你沒有穿衣服」，皇帝就傻眼了。現在的問題是，大家都知道，大家都不説。結果是，蒙蔽自己也就算了，把國王也蒙蔽了，這才是最可怕的。

◆講人權，眼裡不見中國　　2010 年 9 月 14 日

一則新聞令我不禁噗哧一聲笑了。監察院長王建煊在一個研討會上呼籲：「國際社會要尊重人權。」有夠好笑；作為侵犯人權最嚴重的例子的中國就近在眼前，王院長卻呼籲國際社會尊重人權？有些人遇到經濟問題，眼裡只有中國；遇到人權問題，眼裡就沒有中國了。

留言……

Wang Dan's Page

◆去投票吧！年輕人

2010 年 11 月 26 日

無論是阿倫特還是哈貝馬斯，都強調「參與」對於民主的重要性。

適逢臺灣的五都選舉，我呼籲所有有權參與這次選舉的選民，尤其是年輕人，都能出來投票，因為這就是最直接的「參與」。

不要以為你的一票不能改變什麼，要知道，你這一票不僅是對社會負責，也是對自己負責。如果你不出來投票，以後就沒有資格抱怨臺灣的政治環境，因為作為一個公民，你自己也沒有做到你應當做的事情，你怎麼能指責那些政客呢？

投下神聖一票，你就能夠參與到臺灣的改變之中。

看看我們沒有投票權利的大陸，也請你一定要**珍惜這寶貴的投票權**。

◆沒有昨日何來今朝

2010 年 12 月 2 日

帶社會所的學生課外教學，去參觀景美人權園區。

看到陳菊，呂秀蓮等的牢房，是那樣的狹小陰暗，條件是那樣的差，不禁感慨。大家現在看到花媽成了南霸天，秀蓮姐也曾經貴為副總統，權傾一時，氣勢高昂，但是要知道，她們曾經是多麼的不容易，曾經歷過怎樣的一段非人的生活。

現在，是過去的延伸，無法分割。

◆面對現實吧！這才是中共　　　　2010 年 12 月 19 日

　　剛才跟一位大陸來的學者聊天，他說今天的中共是「一步也不讓」。我覺得真是太精闢了，只有大陸來的才能有這樣深刻的認識。外界很多人應當放棄對中共的幻想，看看來自大陸的學者是怎麼說。

◆關於革命　　　　　　　　　　　2011 年 2 月 23 日

　　有不少評論說，沒有多少人上街響應茉莉花革命，說明革命還不具備條件。這種說法有很大的誤區：第一，沒有一個革命是具備了條件才發生的，都是革命發生了，推動了條件的成熟；第二，沒有一個革命是第一次就成功的，**總要有一個開始。**

Wang Dan's Page

◆對自己，問心無愧

2011 年 4 月 8 日

　　我早期來臺灣，受到不分藍綠各方面的歡迎。現在似乎有一些人不再支持了，於是有人質問我，支持率下降，不感到羞愧嗎？其實我完全不會覺得羞愧！

　　道理很簡單：當初支持我，是因為我追求中國的民主，反對一黨專政，現在中國民主了嗎？一黨專政結束了嗎？並沒有！那麼，我的當年的立場轉變了嗎？也沒有！所以，問題不是在我，是那些當初曾經支持的人，現在處於種種考慮放棄了支持。

　　如果說羞愧，怎麼會是堅持理念的我呢？應當是那些當初支持理想，現在放棄理想的人羞愧吧？如果他們今天的不支持是有理的，那就應當為當年的支持羞愧；如果他們當年的支持是有理的，他們就應當為今天的不支持羞愧。

　　而我，**對於自己的堅持是問心無愧**的！

◆不敢面對真話的領導人 2011 年 8 月 14 日

　　1956 年的初夏，劉少奇曾經就新聞工作向新華社發出指示，其中特別強調了講真話的問題。劉少奇説：「比如説，美國政府首腦人物罵了我們，這樣一項新聞，我看可以登，周恩來總理罵了美國，有的國家的資產階級報紙就刊登出來。為什麼資產階級報紙敢於把我們罵他們的東西登載報紙上，而我們的報紙卻不敢發表人家罵我們的東西呢？這是我們的弱點，不是我們的優點。」

　　這樣的言論放在今天，是標準的「資產階級自由化」的言論，中共黨政負責人很少有敢於公開發表這種看法的。這表明，儘管經歷了五十年，但是沒有證據説明，中共的領導人在政治自信方面有進步，相反，還是**有所退步**。

◆主客不分？ 2011 年 8 月 18 日

　　陳雲林到臺灣，就不能讓他看到中國民國國旗；李克強到香港，就不能讓他看到「平反六四」這幾個字。

　　憑什麼他們來做客，卻要限制主人的自由？

　　我認為無論是香港人還是臺灣人，都不應當容忍和縱容北京把他們的霸道逐漸滲透進本地的社會中，讓好不容易爭取到的自由一點點被奪走。

Wang Dan's Page

◆關於「少年得志」

2011 年 9 月 20 日

　　我是認為對於年輕人和學生要以鼓勵為主的。這是因為：第一，人生的教訓大多要自己經歷才能把握，過來人講教訓，年輕人其實很難聽得進去，畢竟不是感同身受嘛；第二，少年得志，進入比較高的境界，可以很早就開始對自己有比較高的要求，這對成長是有利的；第三，人的成功需要一些銳氣，甚至需要一些幼稚，這些特質都是年輕才擁有的，年輕的時候不鼓勵他而是壓抑他，等他少年長成，銳氣就一去不復返了，很多本來應當成才的人，其實就是在社會化教育的壓制下慢慢平庸了。

　　所以，我認為，作為過來人，我們對年輕一輩唯一能給的東西，就是鼓勵。

◆一語道破中國禁臉書的原因

2011 年 11 月 14 日

　　一個國家沒有臉書，是因為統治集團不要臉。

留言……

◆不該被遺忘的鄉愁與美食　　　　2011 年 12 月 16 日

臺灣很多美食出自眷村和外省人聚集點，他們的鄉愁只能通過飯菜來抒發，想來也是不勝唏噓。臺灣的老兵，**是不應當被遺忘的一群**。

◆成大只辦沙龍，是因為……？　　　2012 年 1 月 13 日

現在我已經離開成大，有些話終於可以說了。

我在成大一年，都沒有開課，而只是與學生社團合辦『中國沙龍』。原因就是：儘管成大的校方領導熱誠歡迎我，儘管很多成大的同學，包括陸生很期待上我的課，但是有一些成大的老師卻強力反對，而說不出口的理由，就是擔心影響到與對岸的交流！結果就是我在成大一年，卻沒有開成課。

如此荒唐的事情如果不是發生在我身上，我恐怕不會相信。但是各位台灣的朋友，這就是事實。這個事實就是：**中共的陰影，已經籠罩在台灣的上空了！**

中共並沒有進來台灣，台灣已經有人開始恐懼和自律了！你們還感覺不到，是因為你們還沒有被影響到。

而我，已經感受到了這個影響。這就是我說「**民主的失去是不知不覺的**」的原因。各位台灣的朋友，明天，當你們投票的時候，請你們問問自己：你們希望台灣進入一個請誰來教書，都要考慮中共的臉色的時代嗎？

Wang Dan's Page

◆暴力下的繁榮中國　　　　　　2012 年 2 月 5 日

　　我們必須認識到：今天中國的經濟繁榮，是與暴力密不可分的。

　　暴力成性的國家機器與利益集團結合在一起，把大部分人排除在經濟成長之外，靠少數人攫取國家財產達成的暴富，支撐了全國的 GDP 增長數據。

　　這是一種**靠鎮壓帶來的增長**。

◆領導人說，我說　　　　　　2012 年 2 月 18 日

　　習近平在美國說：「中國的人權狀況沒有最好，只有更好。」

　　實際上，中國的人權狀況沒有最糟，只有更糟。中國領導人最喜歡說「一個崛起的中國不會對任何國家構成威脅」。的確，一個崛起的中國不會威脅任何別的國家，它只**威脅自己的人民**！

留言……　　　　　　　　　　　　　　　　　　　📷

◆正義與都更

我在北京的家，西城區新街口東新開胡同 32 號，也面臨拆遷的命運。

我的家人，早晚也會面對金權勢力的壓迫。所以我對台北士林王家的命運格外感同身受。這個社會，拿出一千個理由為多數暴力辯解：都市的容顏啦，換更大的居住空間啦，多數人的利益啦，生活品質的提高啦，等等。

這些都是不錯的價值。但是，我們想維持原狀，想過自己習慣的生活，我們不想要你們喜歡的那種進步，這樣的價值是與前述那些價值應當是完全平等的。

因為你們是人，我們也是人。憑什麼，要用你們的價值凌駕於我們的價值之上呢？所謂正義，首先應當建立在**人人平等**的基礎上，不是嗎？

Wang Dan's Page

◆被封口的評論

2012 年 3 月 31 日

　　大陸關閉新浪，騰訊的評論功能，是非常值得關注的，這個極為嚴厲的言論控制舉措，就發生在外界盛傳要推行政治改革，要平反六四之後，更是意味深長。

　　它說明：第一，我再次強調，任何對於中共的樂觀都是盲目的；第二，高層鬥爭的形勢非常複雜，目前處於黑箱作業；第三，我也不認為這就代表保守派，包括周永康的勢力扳回一城，事實上，這次大倒退應當是高層的共識，而基礎就是維護穩定。第四，過去還是刪除評論，現在乾脆關閉評論，不要說批評，連表揚都禁止了，這個黨已經快要瘋了，也可見他們內心的壓力之大。

　　同時說明，過去盛傳一旦大陸出事，當局可能會物理性斷網，這似乎不是危言聳聽。

　　有人說「其實大陸只是關閉評論三天」，言下之意好像沒什麼。這種心態可謂被壓制慣了，居然只被關三天也當作樂觀的基礎。完全想不到，原來是一天都沒關閉啊。今天關三天，人民無所謂，以後就敢關五天了。人民抱著這種心態，就會有這樣的政府。

　　一句話，**政府都是人民慣出來的**！

◆記「反旺中」抗議

在電視上看到了剛才反旺中抗議活動的現場。我必須承認，出席人數遠遠超出了我的預期。這是第一次，我為我的判斷失誤而感動。

看到那些年輕的面龐上的憤怒和熱情，我彷彿看到了 20 多年前的自己。

這種欣慰，是別人不能體會的。

同學們，謝謝你們，謝謝你們讓我們這些**社運老鬼**們能夠如此欣慰。

圖片來自「看雜誌」網站 http://www.watchinese.com・李唐峰攝影

◆中共洗腦不要來

看到那麼多人走上街頭，反對媒體壟斷，捍衛言論自由，雖然我不是台灣人，但是我由衷地為台灣感到驕傲。

民主的發展，包括公民意識的成長。

從這個角度看，台灣的民主已經成熟壯大。我要奉勸中共，如果你們打算用洗腦的一套來滲透台灣的話，還是**趁早洗洗睡吧**。

Wang Dan's Page

facebook 這些事，理所當然 🔍

【編按】
關於「反旺中」媒體壟斷

　　旺中集團旗下的《中國時報》、《中天電視台》及《時報周刊》，自 2012 年 7 月 26 日起，以大篇幅報導 7 月 25 日當天約有百來位學生到 NCC 抗議購併案，現場有白衣女子發錢給參與學生之「走路工」情事，質疑與當天號召發動到 NCC 抗議的中央研究院法律學者黃國昌有關，要求他提出說明。黃國昌回應「毫無所悉」，但未被旺中集團所屬的媒體接受，連續數日以報導質疑黃國昌。隨後引發相關學者反彈。

　　清華大學學生陳為廷在臉書上轉載網路圖片，指控《時報周刊》副總編輯林朝鑫涉嫌此事件，認為該「走路工」事件為旺中集團自導自演。中天電視台於新聞中公布他為該網路圖片於 Facebook 臉書上的轉載與散布者，並公布他臉書個資，及曾為民進黨籍議員助選的歷史。旺中與時報週刊副總編輯林朝鑫認為名譽受損，表明若查為惡意將進行訴訟。王丹、王小棣等文化界人士，與多個學校社團，皆聲援陳為廷。

　　壹傳媒所屬媒體，刊出數篇報導，認為林朝鑫與此事有關，影射旺中集團自導自演。旺中集團於 8 月 29 日發聲明，對黃國昌造成困擾提出道歉，聲明指出黃國昌與此事件無關，所屬媒體曾強烈質疑，但未製造假新聞，並對壹傳媒以惡意報導抹黑、指旺中集團「自導自演」走路工事件，表達嚴正抗議。壹傳媒也提出聲明，認為此事件是由媒體遭壟斷引起。

　　隨後引發 700 名學生參與「我是學生，我反旺中」抗議活動，與隨後近萬名自發性公民參與的 901 反媒體壟斷大遊行。抗議學生組成反媒體巨獸壟斷聯盟，推動反媒體壟斷運動。

（相關情報摘自網路維基百科）

◆拳頭收回來，打出去才有力　　　　2012 年 9 月 9 日

很贊同學民思潮做出的暫時撤出的決定。

一場社會運動，進退之間的選擇才是最大的考驗。進，很容易；退，很難。

有的時候，拳頭收回來，打出去才能更加有力。戰線拉長，拉開，才能繼續深入。

有的時候，**暫停不是結束，而是新的開始**。

第二場運動就在今天：打敗建制派，教訓共產黨！

【編按】
反國教遊行，學民思潮暫撤

本評論與「香港國民教育」大遊行相關；「學民思潮」為黃之鋒聯同另一學生組織「校園意志」及社運組織「九十後動員」籌組新組織。2011 年 5 月 29 日，「學民思潮」正式成立，並由黃之鋒、「校園意志」主席林朗彥及「九十後動員」負責人鍾曉晴擔任召集人，當時組織宗旨是反對香港特別行政區政府設立德育及國民教育科。林及後辭去召集人一職並退居幕後，減少發言，負責更多文宣及構思各類型的活動，召集人餘下黃、鍾二人。

（相關情報摘自網路維基百科）

Wang Dan's Page

◆關於強大，寫於淡江演講後　　2012 年 10 月 23 日

　　下午在淡江的演講，容納 150 人的演講廳擠進來兩百人，外面還有五六十人進不來，其中有不少是陸生。

　　有陸生發言說：「我愛中國，所以支持共產黨。因為共產黨至少讓中國在國際上更有地位，更強大。」

　　我的回答是：

　　第一，強大到底是什麼？今天中國的崛起靠的是有錢和有勢力，而不是真正的令人嚮往，否則就無法解釋大批中國精英移民國外的事實了。

　　這樣的強大，**真的是一個愛中國的人期待的強大嗎？**

　　第二，如果一個國家的強大，是以人民的自由被剝奪為代價，這樣的強大其實是恥辱。

　　我認為，人民的自由和尊嚴，遠遠比國家的強大來得重要。

◆中共有病

2013 年 4 月 29 日

　　中共的一個老毛病，就是它的敵人意識。任何人只要做任何與它意見不同的事，它都覺得是要顛覆它。這種心態反應了幾個問題：

　　一、幹多了壞事，心虛。

　　二、因為自己壞，就總覺得別人也壞。

　　三、表明張牙舞爪，其實沒有自信。

　　四、有病。

留言……　　　　　　　　　　　　　　　　　　　　📷

◆不公平的宗教精神

同性戀者從來沒有反對異性戀者結婚，異性戀者為何要反對同性戀者結婚呢？這樣平等嗎？你可以結婚，為何不讓別人結婚？他們又沒有要和你結婚！怎麼這麼霸道啊？！個別宗教團體人士，你們這麼霸道，符合宗教精神嗎？

◆對多元成家的的立場

關於多元成家的爭議，曾在我的版面熱鬧好幾天。回顧過去的討論，我來小小地總結一下我的感想；反對多元成家的人的言論，之所以不被我接受，是因為：

1. 結婚是每個人的基本權利，同性戀者也是人，反對他們的婚姻權利，不管出於什麼理由，就是侵犯人權。

2. 同樣是納稅的公民，有的人可以結婚，有的人就不可以結婚，不管出於什麼理由，就是破壞平等。

3. 宗教信仰不應當介入政府事務，這是憲政的基本原則，以神的名義干涉民事法案的修訂，不管出於什麼理由，就是踐踏法治。

4. 性解放不是同性戀導致的，家庭的破裂在異性戀家庭中更多，把這些責任都推給同志婚姻，這完全是捏造和撒謊，這就是不誠實，而誠實是最基本的道德，不管出於什麼理由，這就是喪失道德。

護家聯盟和部分教會人士的言論，侵犯人權，破壞平等，踐踏法治，喪失道德。你們就是有八十萬人，哪怕我只有一個人，我也會反對到底。

【編按】

2013年9月「多元成家」草案上路，在社會間引發激列討論，支持、反對者立場雙方各有所執；法案推動及相關配套措施仍有待商議。不過，部分反對多元成家者意圖妖魔化同性戀者、曲解法案條文的行逕，引來不少爭議。

Wang Dan's Page

那一夜，王丹是香港人

　　港人要的是真正的自治，要的是
「六四」這樣的事情永遠不會出現，中共不
懂這一點，就永遠不可能得到港人的認同。
香港的朋友，同意的請舉手！

身為過來人，王丹說：

「對於在香港發生以年輕人為主的新的社會運動，我表示高度的敬意，也深深為之感動。從社會議題出發，意志堅定，理性的同時進行有限沖撞，以苦行的方式感動人民，在在表現出運動參與者的成熟。香港已經成了中國的一部分，因此這是中國唯一的成熟的社會運動。你們的一舉一動不僅僅在影響香港，也在影響中國。我曾經多次講過，香港的 80 後一代年輕人要有使命感，改變中國，就從改變香港開始。你們今天的努力，是在創造歷史。作為一個上一波社會運動的學長，我期待你們能夠比我們做得更好。」

◆反對洗腦教育

酷熱中，十萬港人上街。香港人，你們是好樣的！

自己的事情，自己要站出來說話，香港人的行動就是最好的國民教育。

2012 年 9 月 2 日

看到在香港反洗腦教育的運動中，不少參與的青年學子提到了 23 年前的那場學運，這讓我既感動又欣慰。

23 年前，我們也許做得不夠好，也許沒能達到我們的理想。但是，23 年過去了，我們當年做的事情，還能激勵更年輕的一代走出來，發揚理想主義。這讓我有一絲感傷的驕傲。

我想對當年那些死難的同學們的在天之靈說：你們，沒有白白地犧牲。

Wang Dan's Page

2012 年 9 月 4 日

我反對國民教育，我反對媒體壟斷！
我反對！

響應網友呼籲，自現在開始，絕食 24 小時，以聲援香港反洗腦教育運動。

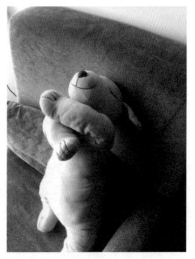

不需監督，我心自鑑。但願我愛的香港，能有光明未來。比起那些無限期絕食的港人，我只是小小的聲援而已，表達我對港人的支持和關心，不值一提。

有些人擔心這次運動的結局，但是我認為：這一場運動的意義，不僅僅是針對洗腦教育，更重要的意義是表達，參與和動員。

表達出港人不接受中共的意識形態，不接受思想控制的心聲；通過具體行動參與到抵抗思想滲透，維護香港核心價值的政治運動裡；進一步動員起公民社會的力量。只要這些目的達到了，這場運動就是成功的。

維護香港的核心價值，任重而道遠。我願意永遠跟港人站在一起，在風雨中抱緊自由！

2012 年 9 月 7 日

　　聲援港人訴求。穿黑衣，反洗腦！

　　以國民教育為代表，在香港，一扇黑暗的大門就要打開。

　　我看到這些前赴後繼的港人，他們是在用雙肩，用手，用身體，去堵住這扇門，為香港爭取留下一點光明。

　　這場戰役悲壯而慘烈，但是值得。

　　親愛的香港同胞，今夜我為你們落淚，也被你們鼓舞。

　　今夜，我是香港人。

圖片來自「主場新聞」網站 http://thehousenews.com

Wang Dan's Page

2012 年 9 月 8 日

　　恭喜香港人民，反洗腦運動取得初步成果，你們的堅持是勝利的根本，你們的勇氣已經寫進了歷史。

　　後人不會忘記：那一年，黃之鋒他們教我們的事！

　　「特首梁振英宣布，取消開展德育及國民教育科的 3 年死線，由學校自行決定是否開辦國教科及如何開辦……」（出處：香港明報即時新聞 http://inews.mingpao.com/htm/lnews/20120908/gb61829a.htm）

　　這一場香港的反洗腦運動，本身就是最好的國民教育：

　　第一是人民的自我教育：作為公民，不僅有參與的權利，更應有參與的義務。這個社會，只有人民是主人，不能任由政府為所欲為。

　　第二是對政府的教育：告訴梁振英，停止一切想把中共因素帶入香港的念頭，否則一定是身敗名裂。

　　第三是對中共和一切親共人士的教育：讓他們知道所有有良知的人，都對中共的思想控制深惡痛絕。也許他們可以用武力和金錢得逞一時，但是在歷史上，他們必將遺臭萬年。

　　最後是對全世界的教育：讓全世界看到香港人的**堅強意志**和**公民素養**。

◆致香港蘇老師

收到一封香港大學生來信，說他們最喜歡的中學老師現在身患癌症。

這位老師在課堂上深情講述六四，對他們影響很大，使得他們至今仍然能夠關心中國的民主化。

他們說，這位老師在課堂上講到流亡海外的我們的時候，不禁哽咽，而且對我本人多有肯定等。

他們說：「老師病了，我們感覺很無力。我們很想幫她，所以想請你寫一封信給老師，因為這是老師的心願。」

看到這樣的信，我能拒絕嗎？所以，我給那位可敬的蘇老師寫了下面這封信：

親愛的蘇老師：

你的學生們寫信來，告訴我你的狀況，他們說，希望我能寫信給你。我本來應當婉拒的，因為我們素不相識。但是，看完你的學生們的來信後，我想我一定要寫信給你，原因很簡單：感動。

感動是因為，你有這麼好的學生。看到他們寫：「老師病了，我們很無力」的時候，我真的有點嫉妒你。我現在也是老師了，我知道，作為老師，有這樣的學生，是無論如何都值得的。

Wang Dan's Page

感動也是因為，從你的學生的信中，我知道你在課堂上關於六四的傳授，深深地影響了這些可愛的學生。歷史能夠延續，是靠每一個人默默咬牙堅持的。你的努力，讓我看到了這樣的堅持，這對我是很大的鼓舞。

　　我不是很善於安慰別人的人，我只能說，請你堅強地面對病魔。要知道，你，是你的學生的榜樣，請你繼續做他們的榜樣。

　　同時，我也要說一聲謝謝你，我相信你懂我的意思的。

王丹　　2012 年 5 月 7 日

【2,526 人說　讚】

【編按】

關於「反香港國民教育」大遊行

　　2013 年 7 月，一本由親北京教育團體出版的《中國模式國情專題教學手冊》，內容對中國國情隱惡揚善，並貶低歐美民主政制，令發香港各界反彈，並關注當局推行的「國民教育科」視之為「箝制民主自由思想的洗腦教育」；後引發長達三個月的「反國民教育運動」，並於衍生出高達 9 萬人走上街頭的「729 反洗腦萬人大遊行」、連續 10 日佔領政府總部及接力絕食，抗議人數最多時高達 12 萬人。最後迫使當局擱置國民教育科課程指引，抗爭因而劃下圓滿句點。

（相關情報摘自網路新聞）

◆在爭取自由的戰場上，我們都是同盟軍──
致港人的公開信
2013.5.31

各位親愛的香港朋友：

在「六四」二十四週年紀念即將到來之際，香港一些本土派提出與支聯會切割，杯葛維園晚會的主張，引發各界的討論。因為涉及到如何看待香港與「六四」的關係，作為當年那場學生運動的參與者，以及長期以來得到香港朋友很多支持和鼓勵的人，我希望公開表示我的看法，嚴格說，是我的憂慮。

首先我要說明，對於陳雲先生提出的主張，我可以理解，也可以尊重。我知道這是自九七香港回歸以後，中共完全不尊重港人的自治權利的結果。很多港人內心的不滿和鬱悶，我完全可以感同身受。

但是我也必須明確地表示，我不能同意杯葛維園晚會的主張。我的理由如下：

第一，本土派表示要切割，但是這個切割應當是與中共切割，怎麼會變成與民主派切割了呢？今天妨礙香港的自由的，正是中共的專制統治。一方面說要爭取香港的自由，另一方面又迴避爭取香港自由面臨的最大阻礙，這不是自相矛盾嗎？中共如此龐大，對香港內部事務又是如此積極介入，正需要香港

民主陣營的各種力量聯合起來，共同面對，這種危急時刻，香港政治力量之間互相切割，彼此對立，到底誰最得利呢？當然是中共！

我想請問本土派的朋友，難道，與支聯會切割，香港的民主就能夠保住了嗎？難道，不去維園晚會了，香港的族群意識就得以建立了嗎？這個邏輯關係的基礎，到底在哪裡？

今天，在對岸的台灣，不僅有公民社會的成員提出《自由人憲章》，民進黨中生代也提出《台海人權決議文》，他們的共同主張，都是要把關心和推進中國的民主化放到兩岸關係的核心地位。他們已經認識到，在全球化的大背景下，我們不分族群和國界，都是利益相關者；在爭取自由的戰場上，我們都是同盟軍。台灣的族群認同的歷史根據，比香港更加深厚，而他們的有識之士，都知道爭取自由不能閉關自守，香港的本土派，難道不應當深思嗎？

第二，這麼多年來，維園晚會怎麼會「只是中國的事」呢？24 年的堅持，顯顯的是港人的良知與堅持，展示的是港人對中共滲透的抗拒。紀念「六四」，已經超越「六四」本身的意義，成為香港的認同。「六四」紀念，背後是對於良知和價值的認同，而不是對於某個族群或者國家的認同，為什麼一定要拿悼念死難者這件事作為政治上的座標呢？

這個世界上，有一些價值，是超越族群，超越黨派，甚至是超越政治的。那就是人道關懷，那就是對正義的堅持，那就是對那些為了爭取民主而犧牲的人的尊敬與悼念。這些文化，才是真正意義上的民主。而港人應當建立的自我意識，難道不應當以這些普世價值為基礎嗎？如果陳雲先生等為了維護自己的權利，就可能放棄這些普世價值，他們就只是本土派，不是民主派！

　　各位親愛的香港朋友，多年來，維園的萬千燭光構成了光明的海洋，在我看來，這是香港最美麗的風景。長期以來，我都盼望著有一天，能來到維園，與大家一起舉起蠟燭，一起點綴這一道風景。長期以來，這樣的風景，是支持著我，鼓勵著我，堅持下去，繼續為中國的民主化努力的最重要的精神資源。如果，這樣的風景不再，或者是減色，你們可以想像我會是多麼的悲傷。那不僅是為我自己悲傷，也是為香港悲傷。

　　在此，我懇切盼望香港的朋友們，包括本土派的朋友們，六月四日晚上，到維園去。讓中共再次看到港人捍衛民主和自由的決心，讓世人永遠記得歷史的傷口！讓香港最美麗的這道風景更加美麗！

　　謝謝你們！

王丹　2013.5.31

Wang Dan's Page

◆謝謝你們拒絕遺忘──
　致香港同胞的公開信　　　　　　　　　　2011.5.31

各位香港同胞：

　　前次我希望來香港悼念華叔，但是最終未能成行，成了我的終身遺憾。關於香港，現在我的最大心願，就是有一天，能夠跟你們一起，在維園為六四死難者點燃一支蠟燭。

　　為了這個心願，今年我選擇留在臺灣參加紀念活動，原因之一，就是因為可以在同一個時間，能夠離在維園的你們更近一點。因為這樣，我也許才更能感受到與你們心連心的激動。

　　六月四日的晚上，我會在臺灣的自由廣場，與你們同時點燃蠟燭，我會通過視訊看到你們在維園林跟我一起高唱《為自由》和《歷史的傷口》。我好希望，能夠通過視訊看到，華叔不在的六四，維園依舊是擠爆六個足球場。我相信，那樣的場景會令華叔在天之靈欣慰，會令中國人為之驕傲，會令專制者暗自膽寒。

　　香港同胞們，為了香港，為了中國，為了民主，週六的晚上，請讓我在維園看到你們！

　　謝謝你們的堅持，謝謝你們的拒絕遺忘，謝謝！

　　　　　　　王丹　　2011.5.31

◆香港朋友來信 · 之一

王丹先生：

在香港，六四是一個繞不開的結，即使一些大陸學生可以選擇閉目塞聽，也沒有人可以否認那些就在校園內舉行的罷免公投、就在校園裏擺放的女神像、就在校園路上刷的標語所帶來的衝擊和震蕩，反思與自審。

我不是一個激進派，我不會義憤填膺的說要中共垮臺，我也不會高呼「平反六四，結束一黨專政」，我最多只會在維園默默地點起一支燭光；我也不保守，我不會和香港的朋友僅僅吃喝玩樂但獨獨不談國事，也不會在課堂討論時忽然冒出一句「我來自社會主義國家」或者質問老師「你怎麼能說共產黨做錯？」我最多只會在他人大罵政府時選擇沉默。

我相信意識形態的區分沒有那麼大，我相信一些普世的價值應該得到認同與推廣，比如民主，比如人權。我相信事實的力量勝於一切的雄辯。我相信時間會證明一切。我相信公道自在人心。

因此一直以來對於六四的將來我並不悲觀，人民所差的，只是事實。若所有中國人都知道那天廣場上發生了什麼時，我並不認為還有需要再進一步解釋誰對誰錯。就像你說的，從長遠來看，你們和中共誰勝誰負，還不好說。不是不好說，事實會說明一切。

Wang Dan's Page

但讓我恐慌的是歷史的湮沒無痕——即使是歷史專業課也絕口不提六四，書上只有短短語焉不詳的幾十個字；來了香港，再和大陸的好友聊起，所有人都對這個話題無比冷淡，漠不關心，讓提起這個話題的我就好像張愛玲說的，赤著腳踏進冷水裏——也許這離他們現在的生活實在太遙遠了。更讓我感到恐懼和痛心的是，大陸的年輕一代，甚至是和我同齡的一代已經完完全全不知道這件事了——如果是遺忘倒還好，提醒一下總是想的起來的。可怕的是他們根本不知道歷史上曾經發生過這麼一件事，平反又從何談起？

　　遺忘甚至篡改歷史，或許可以被原諒。遺忘畢竟還有被記起的可能，篡改的歷史畢竟也可以反應一些歷史事實。但是刻意湮沒一段歷史，對任何一個有良心的人來說，都是不能忍受的。

　　之前我一度曾懷疑維園燭光晚會的意義所在。因為看到那麼多參與者拿著手機、相機拍照留念，呼朋喚友，聽著入口處一溜排開，各個單位在捐款箱邊擺開大聲公，大聲廣播鼓勵入場群眾捐款，那一刻我甚至有自己在參加一個集體行為藝術的錯覺。

　　但是我想我只要在香港，每年六四都還是會去的。不一定會跟著喊口號，不一定會大聲唱歌，也不一定會專心聽主席臺上說了什麼，但是一定會出現在那個廣場上，告訴別人，我還沒有忘記。

◆香港朋友來信 · 之二

王丹先生：

　　你好，我是香港的中學生，身份太卑微，所以名字也不需提及。因參加了在維園舉行的六四燭光晚會有感，所以想透過電郵告訴你，讓你知道香港的新一代還有人記得過去的歷史，沒有忘記！

　　小時候，沒有人告訴我六四是怎麼的一回事，只知道每年的這個日子，在維園，會有很多人手捧著燭光，唱著歌，喊些口號便散去。長大後，對歷史和國家認識深了，才知道不是想像中的簡單。那是一群學生為爭取民主，卻得到殘忍的對待，任誰也沒法想像的可怕歷史。今天，依然有人為死去的學生和天安門母親平反，提倡國父所提及的三民主義。

　　就像今天，當主持人問：「在座各位，有誰是在 1989 年後才出生的，請舉起你手上的燭光」那刻，我看到了一片光海。會上，播放了天安門母親群體代表丁子霖女士的錄音講話，隨後也播了你的一番說話，你最後那句繼續努力，繼續加油，著實很鼓舞！在場人士都看得很投入。

　　在 Facebook 港大學的學生，他那番說話，我實在不能理解，我也不判辨他身份的真偽，但是我希望你知道在香港這個小小

Wang Dan's Page

的地方，是唯一一個在中國的管轄之內，還能到處發放六四訊息的地方，這裡還有人為那個信念而奮鬥。同時，也有很多人支持和為著這個信念而努力！所以，請你也要堅持！讓我們一起期待茉莉花盛開的那天吧！

香港中學生　2011.6.5

留言……

Wang Dan's Page

文青

□ 他，是「六四」的政治犯；

□ 他，也是大受歡迎的「丹丹教授」；

☑ 他，更是情感豐沛、風趣幽默的民運文青！

Wang Dan's Page

格言・王丹

今天的中國，缺的不是知識，而是常識；
需要重建的不是道德，而是倫理。

◆幸福

什麼是幸福呢？我覺得，能夠安安心心地讀一本書，不是為了考試，也不是為了什麼具體目的，這就是幸福。

◆再說幸福

你想愛一個人，那個人也想被你愛，幸福不過如此。

◆交友真理

如果一個人對周遭的世界和別人總是有大量負面評價，這樣的人離他遠一些。

留言……

◆別敗給「不容易」

每當主張做一件事的時候，常常聽到有人說「不容易」：中國民主化不容易，維護台灣的民主不容易，讓香港特首下台不容易，等等。這些我都承認，同意而且理解。但是，其實活著也不容易，大家不是都努力在活著嗎？

「不容易」從來就不是不去做的理由！

◆成功要訣

走向成功之路其實很簡單，那就是兩個字：勤奮。只要你做到了，隨便做什麼都會成功。

◆哭泣的價值

如果沒有哭過，就不是完整的人生。

◆自欺與欺人

我們對於欺騙深惡痛絕，往往是針對人與人之間的相互欺騙。可是我們往往忽略了，最大的欺騙可能是自欺欺人。什麼時候我們能停止欺騙自己呢？

◆一生的執著

　　我覺得，人這一輩子，一定要找個什麼事情，是一直堅持去做的。

📄近況更新　　🖼相片　　👤地點座標　　📖生活要事

在想些什麼？

Wang Dan's Page

◆論成長

人，是在不斷的分離與放棄中成長的。

◆綠葉的重要

鮮花為什麼需要綠葉？不僅是因為綠葉可以陪襯鮮花的美麗，也是因為綠葉的存在可以時時提醒鮮花，自己一旦枯萎，也不過就是一片綠葉。

◆莫非定律

很多東西，你越想得到，越得不到；越是你已經忘記的時候，它就越容易出現。

◆論時間

時間，就像潑出去的水。

◆重要的關鍵少數

關鍵時刻能有關鍵少數站出來，世界就會為之改變。

◆「沉著」的學問

學會不急躁，沉住氣，不急於做出決定，真的是人生很重要的一門功課。

◆我的中心思想

世界上有三個東西是我必須在乎，但是不能為之左右的：外界的評價，他人的眼光，和社會的期望。

◆行動取決於自己

當我們批評別人什麼都不做的時候，想想我們自己做了什麼？如果每個人都不管別人是不是冷漠，而自己堅持去做，這個國家早就改變了。

Wang Dan's Page

◆理想的現實面

理想往往不能得到大多數人的呼應，這就是理想跟現實的區別。你堅持理想，又希望一呼百應，這樣的事情很難發生。而一旦發生，就是理想實現的那一天。但是在那一天之前，很多年我們就是會秉持著理想的火炬，在黑暗中行走。

◆說政客

殘暴的政客動用軍隊，無能的政客動用警察，作秀的政客動用眼淚。

◆領袖只在關鍵時現身

領袖不是培養出來的。領袖是那種在關鍵時刻能夠把握住歷史機會的人。因此，在關鍵時刻還沒有到來的時候，我們發現我們沒有領袖，這是很正常的現象。

◆高來高去，就是不懂裝懂

一個概念，如果你找不到一般人能看懂的説法來定義，而只會用讓人看不懂的所謂「學術術語」來定義，那就説明你自己都這個概念也不懂。

◆故作深刻的時代

一個時代，越是缺少深刻的思想，越是充斥貌似深刻的文字。

◆自由誠可貴

有自由就要做出選擇，要做出選擇就要進行思考。自由的社會就是這樣鼓勵了思考，而積極思考的社會才能進步。

沒有自由的地方，不需要選擇，也就不需要思考。社會沒有進步的動力。

自由比不自由好，道理就這麼簡單。

Wang Dan's Page

詩人Online・
王丹臉書詩選

　　夏宇拉著我說：「要革命，也要記得寫
詩。」聽得我這個汗顏啊。狼狽逃竄之。

不抱希望地去愛

那年春天收拾行囊
四月裡去不太遠的遠方
我小心地沿著風吹的路線飛行
胸口上別著一枚綠色的徽章

似乎是要預訂人生的一個場次
好多好多的情節似曾相識
往往是才猜想到結局的剎那
結局就徑直走了過來
剛好成為另一幕的開始

春天有時候也是悲傷的
還有目光裡的那些燈火
還有浸泡在空氣裡的那些字
所以時間是無辜的

我們怎麼能抱怨希望這件事呢
我們只能不抱希望地去愛

Wang Dan's Page

時間的餘溫

很多東西是有餘溫的吧
雨水澆滅的篝火
一息尚存的理想
桌上那杯清酒

時間也是

時間也是有餘溫的
它殘留在某一個遇見的街頭
在那些語無倫次的話裡
還有下雨天的一點點小清新
以及計程車的後座上

就像春天裡的夜晚
我們用衣服遮住燈光
寒冷一點一點地沉落
而歌聲依舊有重量
時間的餘溫就像植物
在潮濕的世界裡沉默生長

我的隱居生活

一．

雨一直在下
秋天已經來了

我在初秋的大寒裡正襟危坐
案上的檀香奄奄一息

在黑暗裡視線有些彌散
我的目光跳動而心如止水

二．

蟲聲月光一樣瀉入
把時間鋪滿零亂的房間

我在顫慄中體會溫暖
把你的錦衾緊抱懷中

這就像季節交替時的蜥蜴
南風中皮膚如榕樹一般執著

Wang Dan's Page

三.

那些遠處飄來的冰涼的雨
在幾米之外兀自荒涼

而我宛如傳說中的夢遊者
在落葉上靜坐等待黎明

我輕輕開啟角落中的抽屜
於是記憶中的燭光不點自燃

四.

我的隱居生活就這樣開始
在這個秋色如雪的下午

雨打濕了我唯一的木屐
時間成了遙不可及的星星

在冬天到來之前
我不想讓任何人發現

【編按】很久以前寫的一首詩，但是從來沒有發表過。2010 年
2 月 15 日，突然有心情讓它露面。

盤點

就像聖誕節前的商場
一定要盤點一下吧
一年的銷售業績
寄存物品
那些已經售出的還有仍舊庫存的
那些曾經破損的和那些已經修復的

總要有一個時間點
把過去攤開成一個圖表
在那些濃縮了的數字面前
我們回顧過去，再現曾經的輝煌與失敗
有些是成績
也許更多的是我們無法理解的

所謂盤點
其實就是重新來過一遍
哪怕曾經令人不堪
或者無可奈何
盤點就是一個機會
讓我們自己對自己有個交待

Wang Dan's Page

思念冬天

那條像綠色瀑布延伸的街道
在冬天的畫布上懸掛
所謂的冬天
南國陽光下的冬天

這讓我不時抬頭北望
目光拐過平原
在真正的冬天裡我們像蠟燭般燃燒
火苗顫動在風中
燭光照亮十二月的天空

這就像生命把溫暖栽種在平原
大寒的石階上青苔濕冷
暴戾的季節恣肆汪洋
這也像松柏林中冰封的閣樓
淒清的室內我們心靜如水

在冬天裡思念冬天
穿過窗櫺 我目光如線

【編按】本為舊作,寫於 2006.1.12

曇花

那一夜曇花盛開
我看著屋頂的斑駁樹影
它們似乎即將老去
在冷風中緩慢伸展
這不是可以真實生活的季節
我們稍作遲疑　有些東西就凝結成冰

於是我們只好靜靜地等待
趁著黎明之前悄悄離開

我想到多年以後
也許會有一方時間攤開在眼前
我會笑著對自己說
曾經有曇花盛開過

【編按】寫於 2012 年 1 月 1 日，王丹：「過新年，沒有什麼禮物，
送給大家一首剛剛寫的詩吧。」

Wang Dan's Page

我早就知道

是的就是在那樣的場合
你的笑容像海
也許可以更準確一些
（我最近很在意定義的事情）
像海嘯製造的某些效果：

我的幸福毀滅在時間的角落
我的笑容毀滅在暗夜的天空

因為在你轉身，劈腿，拉開身體的時刻
你的笑容像海
呼吸的距離內淹沒我的花園
一切如同天衣無縫的設計
（是的我早就知道）
我早就知道

玩具熊

該怎樣呵護你呢，其實你只是一隻玩具熊

我不能置你於視線之內，讓安全的距離突然拉近
我也不能讓你離開，那樣的話我會不知道要如何撫摸時間
曾經想塗抹距離，讓你我逐漸陌生
然而我們都是失敗的行者，在前行的路上頻頻回顧
我只能面對你，就像面對拉長的一段陽光
微塵泛起，鏡面上的皺褶絲絲入扣

然而我還是會呵護你的，因為你是那隻玩具熊

你曾經是寒冷的氣溫，承載瑟縮的熱情
你也是一條被仔細折疊的圍裙，開始在箱底的靜默
你更是盛裝的夜色，暗中綻放冰冷的花朵
這決定了你是不能被放棄的賭注
我們既然在人生的輪盤裡相遇，就一定要分出勝負

也許，呵護你就是呵護我們自己吧
在風化的海洋裡，我們都是會飛的玩具熊

有一些早晨

你知道嗎？
有一些早晨是顏色昏暗的
這樣的早晨
像慢慢從黎明生長出來的夜
還帶著一種因為不協調而呈現的覷腆
可是氣味濕潤

那些時候我會坐在床邊
對於窗簾外的世界屏息期待
仿佛在一個錯亂的迷宮中期待線索
我惶惶不安但是目光堅定

這樣的早晨我們用狐疑的姿態蘇醒
輕輕觸摸世界
如同那是一片易碎的玻璃
或者根本就是一種心情
浸泡其中才能開始洗漱

沒有所謂的曙光和車水馬龍的聲音
沒有蕨類植物開放的華麗
有一些早晨我們安靜地起來
時間像雨水一樣滲入心裡

近況更新　相片　地點座標　生活要事

在想些什麼？

一秒的得意與哀傷・
王丹拾牙慧

　　我的人生信條：以出世的精神做入世的
工作。

◆文青式夜色　　　　　　　　　　　2010 年 1 月 19 日

去朋友家聊天，回來已經是夜裡 1 點多了。

臺北的都市呈現出詭異的橘紅色彩，流轉的燈光像河流一樣從車旁淌過。

靠在後座上，車窗外面的世界猶如相框裡面飄動的定格。

很期待 Leonard　Cohen 的歌聲能夠從天而降，那樣也許會讓我呼吸順暢吧。

一條條街道倏忽而過，**就如同一個個故事**。

我是在夜色中瀏覽自己。

◆有其師，必有……　　　　　　　　2010 年 1 月 22 日

林火旺批評臺大學生「吃飽等死」、「跟動物沒什麼區別」。

臺大的學生好可憐啊，每天被照三餐罵。

是原罪嗎？如果臺大的學生真的這麼惡劣，**這樣的老師應當羞愧而死吧**。

◆關於城市的思念　　　　　　　　2010 年 7 月 15 日

　年輕的時候，思念一個城市。往往是因為某一個人。

　現在，思念一個城市，**已經跟人沒有關係了**，只是對於那個城市的思念。

◆有些事，寧可想像　　　　　　　2010 年 11 月 7 日

　關於南美，有很多想像。

　所以不是很想去，怕真的去了，現實離想像太遠，一些想像會破滅。

　多年以來，**我是靠這些想像遮風擋雨**的，豈能輕易令之涉險。

◆連假書單　　　　　　　　　　　

　　放假如果你想讀書的話，推薦以下 10 本：

　　漢娜阿倫特的《極權主義的起源》，

　　徐賁的《在傻子和英雄之間：群眾社會的兩張面孔》，

　　胡平的《人的馴化，躲避與反抗》，

　　哈維爾的《無權力者的權力》，

　　羅素的《西方哲學史》，

　　王小波的《我的精神家園》，

　　秦暉的《問題與主義》，

　　托克維爾的《論美國的民主》，

　　楊奎松的《中國人民共和國建國史研究》，

　　王丹《中華人民共和國史 15 講》（哈哈）

Wang Dan's Page

◆日記看顛倒

2012 年 2 月 10 日

翻看日記才發現，我小時候真是一個「話癆」啊。每天的日記動輒五六百字，甚至上千字，囉哩囉嗦，車軲轆話。看得我非常的鄙視。別人都是越老話越多，我倒過來了。現在的日記經常是這樣的：「**無事**」，就結束了。

◆朋友與成功

2012 年 2 月 11 日

我有三個朋友，一個我可以讓他幫我做任何瑣碎的小事，我知道他不會覺得是被我使喚；一個我有任何事都可以跟他傾訴，我其實不需要他給我意見，我只是需要他聽，而他也知道這一點；一個我絕對信賴，即使有一天我眾叛親離，我也確定他還是會站在我身邊。**因為有這三個朋友，我覺得我的人生非常成功。**

◆記，快樂的剪報癖

2012 年 3 月 24 日

　　人在逆境中勁頭就是大啊，話說我坐牢的時候酷愛剪報，而且有非常綿密的分類，可以跟也愛剪報的童鞋（同學）們分享：

　　當時我的剪報分為五大類三十個專題，即

　　文化類（休閒、文學、音樂、軍事、教育、學術、百科、歷史、科技）；

　　政治類（法律、人權、反腐、中美關係、港台、外交、動態）；

　　社會類（社會保障、社會發展、社會萬象、農村、法制建設），

　　國際類（國際政治、國際經濟、國際社會與文化）；

　　經濟類（國有企業問題、金融投資、經濟改革理論、經濟改革動態、私有經濟，宏觀經濟）。每一個專題下面再分為若干個子議題，就不一一詳列了。

　　當時我的心態可以通過我在家信中的一句話說明：「生活中到處都可以找到快樂，在這種地方獲取知識就是我最大的快樂。」

Wang Dan's Page

◆時間的力度

這個世界上，什麼東西最有力量呢？我一直認為是時間。

你看看還有什麼是時間不能改變的吧：容顏，愛情，地位，還有金錢，在時間面前都逐一崩壞。當我們略微年長一些，可以回顧過往歲月的時候，你會發現萬事皆非，只有時間永恆。

但這還不是時間最令我敬畏之處。最令人敬畏的是，當時間以這樣沛然不可抵抗之勢改變一切的時候，我們往往毫無察覺；總是在自己的小宇宙已經變化之後，我們才驚覺時間做了什麼。

也就是説，**時間的威力是在沉默中發生的。**

我們傻笑的時候，悲傷的樹已經生根。

◆回不去的中秋

2012 年 9 月 29 日

中秋節，傳統的家人團聚的日子，我不能歸家，這確實是我的遺憾。

但是人生不可能所有的東西同時都能得到，不僅我能明白這個道理，我家人也能夠明白。這是我一生最大的幸福。

當局流放我們，不讓我們回家，就是想了利用親情，在我們的心上刺傷一刀作為懲罰。面對這種沒有人性的流氓行為，我們只能自己堅強，才能不讓他們得逞。

Wang Dan's Page

◆陳昇這麼說　　　　　　　　　　　　2012 年 10 月 8 日

　　陳昇在新書發表會講了一番話，值得跟大家分享。

　　昇哥說：「我來之前也有人跟我嘀咕，說你接觸王丹他們，會影響在大陸的市場。」昇哥又說：「我來這裡，就是因為哦我不想因為要掙錢，就連交朋友的自由都沒有。我來，就是因為**我想做一個自由人。**」昇哥這番話，笑嘻嘻說出來，但是擲地有聲。

留言……　　　　　　　　　　　　　　　　　　　　📷

◆記者，別鬥（逗）了！　　　　　2012 年 12 月 25 日

　　感覺很多記者，都是心裡先有了立場，然後來套你的話，作為他的立場的佐證。這樣的記者，遇到我很倒楣。

　　因為我太老奸巨猾了。

　　記者的意圖我聽兩個問題就可以判斷出來。我就故意裝糊塗，繞來繞去的，反正就是不給記者他想要的那種回答。記者就一直引我，我就一直繞。我越繞，他得不到答案，就引導得越積極。

　　好玩死了。

Wang Dan's Page

◆好個「引蛇出洞」 　　　　　　　2010 年 10 月 26 日

　　上午上課，講到毛澤東發動反右運動，以「引蛇出洞」的手段引誘知識份子發言，然後再一網打盡，等等。講完，下課前，我讓學生提問。下面一片鴉雀無聲，許久，坐前排一男同學幽幽地說：「**不敢問，怕是引蛇出洞。**」

回近況更新　回相片　🧑地點座標　📖生活要事

在想些什麼？

有關村上春樹的三個關鍵詞

我們從體制中抽離出來之後，是有可能
比較孤獨的，這是理想主義者的宿命，因
此，我們需要鍛煉的，就是這種「孤獨的強
者」的身段。

有關村上春樹的三個關鍵詞

　　年年被看好但是年年落選的村上春樹，今年再次與諾貝爾文學獎無緣，這引起大家對他的文學創作的社會意義的討論。有一種論點，是認為村上春樹的作品太局限於個人世界，與宏大的歷史，國族，思想或者時間的關聯度不夠，因為在格局上有所欠缺。事實是否真的如此呢？恐怕是見仁見智。

　　雖然不算是解讀村上春樹作品的專家，但是跟著他的創作走也有十幾年的時間了，村上春樹的文學世界跟我的精神軌跡，多少也有連接的線索存在。因此，分析談不上，但是感受還是有一些的。其實，對於閱讀，尤其是關於文學作品的閱讀來說，讀者得以安身立命的，不就是一種感覺，或者說，是氛圍的感受嗎？

　　我看村上春樹的作品，就這樣的感受來說，可以用三個關鍵詞來概括。而在我看來，這三個關鍵詞，都涵蓋了村上春樹的反抗意志在其中。村上春樹沒有刻意把自己關閉在個人性的保護層中，他的社會關懷是深刻的，富有思想性的，但是，他選擇了不同的表現方式。

Wang Dan's Page

第一個關鍵詞是抽離。在村上春樹的文學作品中，無論是寫作的風格，還是小説中那些形形色色的主人公，總是給人一種雖然在這個世界之中，但是好像又在這個世界之外的感覺。他們總是被深深地捲入一個極為現實的處境中，但是似乎完全是從另外一個空間審視這個處境，所以那種描述格外的冷靜和客觀。這種抽離，在個人和世界中隔開了一堵牆，這到底是出於自我保護的本能呢，還是理性的選擇？

　　這讓我想起薩伊德關於流亡的經典論述。他説流亡的狀態可以是精神性的，那是一種即不在其中，也不在其外的狀態。為了保持這樣的狀態，把自己從原來的母體中抽離出來，其實是明智的。生活中，村上春樹似乎有意地讓自己處在這樣的抽離狀態，他每年固定地在日本，美國和歐洲三個不同的地方居住，也許也是一種抽離。在我看來，這樣的抽離，流亡，或者説是設定的文化離散，本身就是一種反抗。

第二個關鍵詞是孤獨。在村上春樹的小說中的那些主人公似乎都不是很合群的人,他們習慣單身的狀態,也喜歡單獨行動。這種孤單不僅是相對於人群來說,而且也是相對於社會而言的。面對一個龐大的國家社會,族群,他者,村上春樹筆下的人總有那麼一點格格不入的感覺。

不過,極為值得注意的是,他筆下的這些主人公,他們孤單,但是並不孱弱。這些人大多有堅強的專業背景,心理素質很好,判斷能力極佳,他們可以面對孤單的處境而不驚慌失措或者喪失冷靜。他們不是生活中的弱者,他們的孤單其實是出於自己的選擇,而不是被體制或者社會所淘汰的結果。我們往往把孤單看作是失敗者,但是在村上春樹的筆下,刻畫出了一種孤單的強者的形象,這一點富有豐富的隱喻意義。

「孤獨的強者」的隱喻意義就在於,正如同漢娜鄂蘭指出的,極權主義,或者説某種宰制性的體制,通常

用來維護自身統治，瓦解可能的反抗的方式，就是從精神上把人孤立起來，達到「原子化」，取消言論自由這樣的公共空間就是一例。因為人處於孤獨，反抗意志得不到呼應，於是難免喪失反抗意志，極權得以安然穩定。孤獨，往往使得人變得軟弱。

而村上春樹的那種「孤獨的強者」，他們即使單獨一人，也能在體制的壓力面前保持穩定，這是因為他們擁有深厚的文化基礎，和在這種基礎上生發出來的穩健的思考能力，以及藉由這種思考能力而導致的堅強意志和反抗本能。因而他們的存在，這樣一批「孤獨的強者」的形成，本身就是有力的反抗。當我們從體制中抽離出來之後，是有可能比較孤獨的，這是理想主義者的宿命，因此，我們需要鍛煉的，就是這種「孤獨的強者」的身段。

第三個關鍵詞是模糊。村上春樹的小說，雖然表面上看是圍繞具體的個人來展開，但是個人的際遇也是在社會的大背景下發生的，或者，也是以面對體制的姿態

而呈現的。村上春樹是在講述個人的故事，但是他所要處理的主題，在我看來，不是純粹個人性的東西，而是「個人與社會的關係」。

可是如果我們仔細體味村上春樹筆下的社會，體制，或者反抗的對象，卻往往是語焉不詳的，是身影模糊的，他們龐大陰暗，但是面目不清；他們隱身在歷史和現實的環境中，你明明知道它的存在，但是只能感受到籠罩過來的陰影，而無從分辨細節。就像《尋羊冒險記》中的被羊進入內心而建立起政商與黑道聯盟統治的「先生」一樣，整部小說都在他的陰影下，但是我們看不到對他的深入刻畫。在村上春樹的筆下，個人異常清晰，但是社會模糊不清。這裡有一點卡夫卡的影子。

這是對體制非常深刻的描寫。因為宰制性的體制，就是要把自己的權威建立在神秘性上，它是不會允許自己治下的人民清晰認知到自己的。這樣的模糊，既是為了通過氣氛的營造讓面對它的人心生恐懼和壓迫感，從

而放棄自己的意志；也是為了掩飾自己的弱點，不讓對手發現有機可乘之處。揭示出體制這樣的特徵，其實就是告訴了我們反抗的著力點之所在，那就是去神秘化，脫下體制身上那件皇帝的新衣。

西方左翼批評家詹明信（Fredric Jameson）曾經提出「政治無意識」的概念，他認為當人們想要解決現實矛盾的願望被壓抑下去時，人們的願望就只好曲折地以其他方式來表達。在村上春樹的文學中，經由以上三個關鍵詞的鋪陳，我們就可以看到這樣的政治無意識的存在。村上春樹不是以政治反抗的面目出現，他採取了更為幽微曲折的方式表達他對現行體制的不滿。

村上春樹選擇了文學和內心這樣的溫柔路徑，但是他所建構起來的反抗者的精神姿態是強大而堅定的。他的反抗，溫柔而堅定。

Wang Dan's Page

生活

Wang Dan's Page

Just Dan・就是王丹

　　你好，我是王丹。

　　年紀比我大的，請叫我「王老師」；年紀比我小的，請叫我「丹哥」；年紀差不多的，請叫我「阿丹」；不知道自己幾歲的，請叫我「丹丹」；對我有邪念的，請叫我「丹」。

◆兩封給王丹的信

【之一】

王丹你好：

　　猶豫了一會，還是決定給你寫一封電郵。

　　我是一個 18 歲的香港中學生，八九年，我還沒出生。臨近六四廿一周年，不知道為什麼，好想對這段歷史有更深入的認識，於是上網看紀錄片、找資料……有些片段特別深刻，我打從心裡痛！

　　我對政治不太感興趣，但我尚算有心有眼有腦。我看到過一些很難聽的批評言論，我看了也不好受，作為當時人，你一定比我更難受。我覺得，要看一個人是否堅持，不應該只看他做了多少、做了什麼，還應該著眼於他在往後的日子仍然願意付出多少、犧牲多少？我，看得見你的堅持。

　　無論如何，我只想跟你說聲：加油！

　　還有──讓我繼續看見一個快樂、堅定的王丹！

　　希望我這幾句微不足道的話語能給你少少力量，同時希望我的鼓勵不會來得太遲。我也盼望，有一天能與你在維園紀念六四。

Ai

Wang Dan's Page

【王丹回覆】

Ai 你好：

　　謝謝你的鼓勵。正如你所期待的，你的來信，的確給了我很大的力量。

　　你提到你看見網上有很多難聽的批評言論，你覺得很難受，你認為「你一定比我更難受」。為了讓你不要為我擔心，我要告訴你一句話，那就是：看到那些難聽的評論，我一點也不難受。

　　第一，基本上，這些評論都是帶有成見甚至是惡意的，不是來認真討論問題的，因此不值得我太在意；第二，在這些難聽的評論之外，我收到更多的鼓勵和勉勵，你的來信就是其中之一。

　　如果那些難聽的評論讓我有一絲一毫的不舒服的話，也更快就會被你們的溫暖所取代。所以，請你儘管放心，我不會被那些言論所打擊的。

　　我也期待能到維園與你們相聚。

　　到時候，你告訴我你是「Ai」，我就會記得你的。

王丹

【之二】

王丹你好：

　　我是 KATHY，我是來自加拿大的一名中國人。

　　最近查資料，看到了當年 64 血案……雖然當年我沒有加入，但是看到政府的無情，那場戰鬥能有那麼多的市民擁護，可見那是一場深得民心的運動。

　　像那些流亡海外的，雖然不能與家人團聚可是他們畢竟還有自由之身。可以做自己能做的事情。我也能夠體會到你們思念親人和家鄉的思鄉之情，吾爾開希屢次闖關回國都被拒，難道沒有其他更好的辦法了嗎？為什麼要做無謂的犧牲呢？硬闖關回國也就是死路一條，我們都知道中國政府會對他做出什麼。

　　為這場犧牲的同胞們，有的已經走了，我們不會忘記他們，現在最重要的是那些仍然被關在監獄裡的同胞們我們當年的戰友們，他們在精神上心理上身體上都受到了我們無法想像的摧殘，你們在美國時間久了，知道的事情多，要想讓中國平反64，估計是很困難的。

　　但是我們是不是還有其他的辦法，去拯救那些還被關在監獄裡的兄弟姐妹們呢？除了金錢難道我們就無能為力了嗎？現在的中國正在朝著你們當年鬥爭的方向發展。

　　這幾天反覆看了天安門事件，深深瞭解了這些學生領袖們，我個人認為你是最有頭腦的一個。希望能夠得到你的指點。

KATHY

Wang Dan's Page

【王丹回覆】

Kathy 你好：

　　謝謝你的關心和肯定，也謝謝你關注流亡人士不能回國的問題。這其實是一個值得更多關注的問題。

　　你問道為什麼吾爾開希要「闖關」，認為這是「無謂的犧牲」，這是我不能同意的。如果你站在吾爾開希的立場想想看，21 年來，多少人的父母都可以出國探視子女了，包括我本人的父母在內，但是吾爾開希的父母就是不被允許。

　　他們老倆口只有這一個兒子，他們內心的煎熬誰都可想而知。而作為他們的唯一的兒子，吾爾開希內心的痛苦又是何等的深重。21 年來，據我所知，吾爾開希也曾經嘗試通過正常的溝通管道申請父母出國，但是從來沒有下文。

　　他是迫不得已才採取這樣的做法的。這種做法固然有風險，但是也是最後的選擇，也是必要的選擇。我相信開希也會同意我的看法，那就是：在他那種情況下，即使是犧牲，也是值得的。

　　希望你能體諒他的心情。

王丹

◆那些歌，那些時代

昨天晚上去聽了崔健在華山藝文特區的演唱會。雖然已經不是第一次聽了，還是很振奮。老崔永遠不老，還是那頂五角星的帽子，還是那蒼勁的聲音。《一塊紅布》，《花房姑娘》，《新長征路上的搖滾》等等老歌，讓我不能不跟著跳了起來。

我覺得他不必一定要有新歌，這些老歌代表了一個時代，而且永遠代表了一種精神，只要那個世代的記憶還在，這些歌也不會老去。現場來了不少老「憤青」，除了我們一伙的鐵志、Freddy 之外，還看到鄭村棋，汪立峽等老左派，以及黃大煒，豬頭皮，張震嶽等藝人，聽眾中也有西裝革履的中年上班族，顯然是 20 年前聽過老崔的《一無所有》的人。

放眼今天的華人搖滾圈，我覺得還是老崔最牛，因為搖滾，是與社會批判結合在一起的，今天的搖滾，還有幾個人有老崔那樣的批判精神的？那根本就是失去了搖滾的靈魂，是對搖滾的背叛。今天的搖滾歌手，誰還能寫出來像老崔的「因為我的病就是沒有感覺」這麼有深度，有震撼力，有社會指向的歌詞呢？

【1，552 人說　讚】

Wang Dan's Page

◆王丹說客觀

我越來越討厭「客觀中立」這四個字了，因為這四個字已經被濫用太多。

有的人審視六四事件的時候，在屠殺者和被屠殺者之間要保持客觀中立；有的人在權貴和人民中間要保持客觀中立（你是誰啊？！）。

這樣的客觀太多了，我們才生活在一個不敢恨不敢愛，只敢理性盤算的時代裡。

這是一個多麼平庸呆板，多麼枯燥無趣的時代啊。

【1,166 人說　讚】

〈題外話，續談客觀〉

看了一些討論，我有別的感想：我覺得台灣提供給青年人的討論環境，太客氣了，太溫文爾雅了，**太力求客觀**了，因此聽到一些似乎激進，直白，尖銳甚至比較刺激的批評，就有些無法承受，就一定要找出對方不客觀的地方證明自己的周延。

這樣的小孩其實是被寵壞了的一代。但是你們未來要面對的其實不會是溫室，很可能是狼的世界。按照講理的習慣去思考的小朋友們，當你們面對不講理的對方的時候，你們該怎麼辦？！哭泣，抱怨，震驚，崩潰，不知所措？還是以韌性去面對？這才是我擔心的地方。

◆王丹說文明

什麼是文明？

我在美國和歐洲，感受很深的一點就是：在那裡，大家對別人的隱私都十分尊重。在那裡，問別人年齡，工資收入，或者感情狀態，會被認為是不文明的行為，大家都很自覺地不打聽別人的私事。

在經濟發展和政治進步之後，我認為，這樣的社會觀念的形成，才是真正的文明。反觀東方社會，最愛打聽別人的私事，而且蔚為風氣，這是我覺得東西方最深刻的區別，也是文明進步很重要的指標。

對於媒體和外界關於我個人的事情的關心，我從來都是毫不客氣地拒絕回答，就是因為：我無法改變社會，但是我希望從我自己做起。

我希望大家能慢慢接受這樣的觀念：一個人不管你多麼有知識和學歷，但是愛打聽別人的隱私，你就還不能說是一個文明的人。

以上觀點，同意的請按讚。

【3,229 人說　讚】

Wang Dan's Page

〈題外話，2日後〉

　　剛才坐計程車，司機問我是不是香港來的，我不想多說話，就敷衍地「嗯嗯」。沒想到，他又問我做什麼的，我說教書。

　　他再追問：那一個月有多少錢？！

　　我耐心地跟他說：「有一位叫王丹的先生在他的臉書上說，不要問別人的隱私耶，所以……」

　　司機：「哦。」

留言……　　　　　　　　　　　　　　　　　　　📷

◆王丹（笑）看北韓

北韓真是永遠能讓我開心。

這次黨代表大會專門進行女足比賽，最吸睛的是臺上整齊劃一的啦啦隊。

最絕的是，這支啦啦對不分場上雙方，哪一方進球都大聲叫好。

真是天下無雙的一支啦啦隊啊。北韓你真是活寶！

〈是日，又見北韓〉

北韓又把我逗笑了。他們閱兵，士兵踢正步要墊腳尖，所以走起來整個就是一副抽筋的樣子。感覺好像看鬼片哦！

這個國家怎麼這麼多梗（哏）啊？！！

【網友表示】

东某：「北棒的正步是蹦蹦跳跳的彈簧腿，很有喜感。」

N. Lai：「很俏皮哪！我一度以為電視螢幕收訊不好！」

C.Chan：「沒想到我們留意北韓閱兵都是因為這個，我也試著模仿一下，結果變了原地跳躍。呵呵。」

H. Kwok：「我也有同感！如果有國際小丑比賽，北韓應該輕易奪魁。」

O. Lin：「站長果然心情不錯，希望站長多看北韓的喜劇，少寫憂鬱的文章。」

Wang Dan's Page

留言……　　　🖻

◆王丹的三個閱讀怪癖

當某種行為成為你的日常生活方式的時候，你就很容易慢慢培養出一些習慣。與眾不同的習慣我們稱之為怪癖。我對於閱讀這檔子事，就頗有一些怪癖。拿出來跟大家分享一下，是因為想說明一件事：有時候怪癖也是有道理的。

第一個怪癖比較具有暴力美學的因素，那就是看完一頁撕一頁。

當然不是所有的書看完就撕，有四類例外：一是確實具有價值，堪稱經典之作的書；二是具備較高的資料性，可以作為參考書備用的；三是特別於我心有戚戚焉的書；四是有作者簽名的贈書。

而其他的書籍，尤其是刊物，基本上都是看一頁撕一頁。理由是：第一，如果連刊物和普通的書籍都保留的話，我可能需要好幾個房間來堆積書籍，「有錢買書不一定有錢藏書」就是這個道理；第二，看著一本書逐漸變薄，會有成就感。

以這種方式營造成就感確實有些怪，不過我標題已經檢討了——本來說的就是怪癖嘛。

第二個怪癖是要出聲朗讀。其實朗讀本來就是閱讀的重要方式。古人讀書往往都是要朗讀出來的，所以才有「朗朗上口」這個成語。朗讀必然集中注意力，這樣也有助於加深印象，提高閱讀質量。

Wang Dan's Page

當然，也不是每一本書都要朗讀。我的原則是：凡是很有知識含量的書籍都不必朗讀的方式閱讀，因為要認真做筆記加上思考；凡是知識含量不高但是又覺得想看看的書刊，以及自己的閱讀興趣不大但是有必要了解的書刊，都要出聲音朗讀的方式完成閱讀。

　　理由如下：有些書有必要認真對待，但是更多的書其實看看就可，但是我在閱讀上是有潔癖的人，也就是說，每一本書，哪怕很無聊的一部書，我都要求自己好歹也要看完。這樣一來就成了一個挑戰，不是很有興趣但是又要看完，那就只好強迫自己，而朗讀就是一種強迫。

　　讀者可能要問，看書是一個樂趣，何必如此強迫自己？說得好，不過我不是也聲明過了嗎——本來說的就是怪癖嘛。

　　第三個怪癖是我喜歡看過期的報刊。所謂報刊，刊登的都是時下發生的事情。可是你不覺得，有很多時下的事情，時過境遷之後，再返回去看它，能看出更多的意味和內容嗎？很多時候，時間拉長，問題的本質和有意思的地方才會顯現出來，這就是「距離美」嘛。

　　例如，前幾天我到古今書店淘到幾本黨外運動時期的刊物，那裡面的作者今天都仍然活躍在臺灣的政治舞臺上，看到他們當年的言論，對比今天的他們的言論，不能不有無限的感慨。

這樣的感慨，只有翻看舊報刊才能得到對不對？很多事情，當我們面對的時候感覺驚天動地，但是時間流逝下來再看卻雲淡風輕，這樣的開悟，豈不是也只有通過看過期報刊才能加深認識嗎？這也許是學歷史的人才有的毛病，我們也姑且稱之為怪癖吧。

【後記追加】

王丹：「除以上之外，我看書其實還有很多怪癖，其中一個就是：要不然就不看，只要看，就一定要每個字都要看到，哪怕是跟我想看的內容無關的文字。例如雜雜誌，我會每一篇文章都看，哪怕是土壤雜質分析之類的。怪癖啊怪癖，我知道！另外，還有一個怪癖：看小說的時候一定要嗑瓜子！」

〈題外話，另一個怪癖〉

王丹：「人紅怪癖多，我就是一個。我的怪癖之一就是喜歡看行人。下午天氣大好，想什麼都不做，就是到處走走，於是走到芝山捷運站。在 1 號口坐下，看來往的行人，一下子就坐了一個小時。人生百態其實都在穿著，神態，步履中展現出來，因此我覺得，看行人很有趣。」

Wang Dan's Page

王丹美國生活點滴

　　難得的，黃昏之前下了一場小雨。常年晴天的洛杉磯，聞到的都是陽光的味道，而現在，竟然有泥土的氣息撲鼻而來。雖然天氣有點涼，我還是捨不得關上窗戶，就讓這樣的清新在暮色中慢慢浸透進來。在這個安靜的傍晚，我閉上眼睛呼吸。

◆美國生活點滴之一：小鎮

　　如果說，英國到處都是酒吧和教堂的話，美國到處都是這樣的小鎮。

　　麻雀雖小，五臟俱全，從銀行到郵局，從超市到加油站，全套配置。

　　洛杉磯這樣的小鎮星羅棋布，基本上都是整潔，安靜，人煙稀少，生活在這裡，真的會有陶淵明的意境（大家看到遠山了吧）。

Wang Dan's Page

◆美國生活點滴之二：好萊塢

好萊塢附近的街道被徹底好萊塢了。

◆美國生活點滴之三：那棵樹

你們在樹上看到了什麼？

Wang Dan's Page

◆美國生活點滴之四：落日下的 UCLA 校園。

　　曾經在這裡做了一年訪問學者，每每在夕陽下坐在草坪旁邊的長椅上看書，於喧鬧中感受滿滿的平靜。

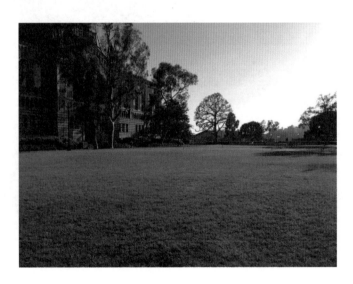

◆美國生活點滴之五：無所不在的 Bose

　　在一家購物廣場外面的草坪上的音響，都是這個牌子的！
我真的驚了。

【網友表示】
H：「看起來像地雷……」
L：「這不是地雷嗎？！」
B.L：「應該是它的防水功能做得不錯吧！」
G：「在中國，早就被人挖走了。」

Wang Dan's Page

◆美國生活點滴之六：我的洛杉磯熱點

Santa Monica 海灘，陽光充足，氣溫涼爽。

遊人如織，流浪漢也不少。

我覺得這裡特別有美國西部那種自由散漫的氣氛。

這裡大概也是我在洛杉磯最常出沒的地方。

◆美國生活點滴之七：入鄉隨俗

所謂入鄉隨俗，最能體現出來的就是華人在加州的著裝。

在台灣，我算是不會打扮的人，每次出門也是要想想穿什麼。大家都如此吧？

可是在洛杉磯，我看街上的華人，大家都是隨便一件 T 恤，肥大的短褲，像是比賽看誰更邋遢似的。

加州人穿衣服就是這樣，華人移民過來之後也就習慣了。

我就亂穿，隨便穿（當然，還是要穿）。

留言…… 📷

Wang Dan's Page

◆美國生活點滴之八：《末日之戰》與「吧唧吧唧」

下午去看了《末日之戰》，特效和節奏都不錯，情節緊張。

本來我想小睡一下的。但是旁邊一個至少 150 公斤的大胖子，一到緊張的地方就激動地抖動右腿，不僅害我睡不著，而且使得我完全了解了他的恐懼的點都在哪裡。

更奇怪的是，他抖完之後，就會亢奮地跟他女友親嘴，親得「吧唧吧唧」的，聲音超大。

人看電影容易緊張，這個我理解，一緊張就「吧唧吧唧」親嘴，是為了什麼，我就不知道了。

◆美國生活點滴之九：在路上

從洛杉磯到拉斯維加斯的公路穿越大片的荒漠，景色壯觀。

尤其是黃昏的時候，那種已經亘古了無數歲月的大自然以寂寞的雄偉令人恍然。

不知道為什麼，每次經過 Zzyzx Road 的時候，我都會有一種星球大戰曾經在這裡發生的感覺。

開車去拉斯維加斯，更可以説：重要的不是目的，而是過程。

Wang Dan's Page

◆美國生活點滴之十：與洪水擦肩而過

昨天從紐約出發去華盛頓，剛開始還陽光燦爛，沒多久就陰雲密布，很快就下起了大雨。那個雨那叫大啊，完全是用臉盆從天下往下倒的樣子。路上濺起的水花令視野一片白茫茫，我們被迫用龜速前進。

到了Delaware附近的時候，全車幾個人的手機突然一起「比比比」亂響，居然是Flood Warning（洪水警報）的簡訊。

我天哪洪水耶！我一生從來沒有遇到過洪水。興奮兼雞凍（激動）！

我腦海中當即閃現出無數的畫面：巨浪滔天，路基崩壞，哭喊奔逃的人群，而我像浪裡白條一樣在水中穿梭，救出一個個老人，小孩，婦女，然後微笑著在水裡游來游去，等等。

然後，忽然間，雨就停了，天就晴了。

我就這樣，與洪水擦肩而過。

【美國生活 ・ 番外篇】

開車從拉斯維加斯回來洛杉磯的路上有農作物臨檢站。
乘客Ａ：「怎麼會有臨檢？」
司機Ｂ：「農作物檢查。」
乘客Ａ：「糟糕，我們會被查到。」
王丹：「為什麼？」
乘客Ａ：「因為我是天菜啊。」

（車內靜默，雪花紛飛）

987人說讚

From　Wang Dan's Page
J.K：「天生很菜！」
T.L：「跟天菜同車旅行，老師你賺到。」
V.L：「這是讓你夏天可以省掉冷氣電費的好朋友啊！」
T.Lo：「天菜？昨天的剩菜？－_－#」
K：「我還以為車上有麻瓜（誤）。」

Wang Dan's Page

樂在重點錯·
王丹的「梗」在哪裡？

　　我的「四不一沒有」：不抽煙，不打架，不嗑藥，不逛街，沒有身材。

◆拿手菜果真專業

　　我最拿手的菜，就是泡方便麵。各位看官，方便麵要泡好也是不容易的好嗎？要注意開水的熱度，泡的時間長短，調料的搭配，器皿的使用，以及**配合食用的電視節目**的選擇。

Wang Dan's Page

◆童真就該大聲叫

下午在路邊聽見兩個三四歲大的孩子聊天。

甲：「你會大聲叫嗎？」乙：「會！」甲：「真的很大聲嗎？」
乙開始大聲尖叫；甲哈哈大笑，也跟著尖叫。真是太可愛了。

下次你要是聽見我大聲尖叫可別奇怪，我只不過是在**找回
童真**而已！

◆唔，可怕的聖人

對自己不夠寬容的人，我不太相信他對別人也能寬容。
聖人對自己就很嚴格，所以**聖人很可怕**。

◆肥胖是病不是命

剛才看到一本醫學雜誌說：肥胖就是一種慢性病。我可以
因此請**病假**嗎？

Wang Dan's Page

◆不囉唆，乾啦！

　　班傑明・富蘭克林說：「上帝愛我們，希望我們快樂，啤酒就是證明。」
　　薩繆爾・約翰遜說：「小酒館的椅子是人類幸福的寶座。」
　　王丹說：「少說兩句，**多喝兩杯**。」

◆欸，說好不提年齡了

　　人過四十，要如何看待自己的年齡呢？我的看法是這樣的：年齡只是一個數字，**我數學不好**。

◆標準有愛，青年不老

　　按照世界衛生組織的定義，44 歲以前的人都是青年！
OMG，原來我還是青年！世界衛生組織萬歲！萬歲！萬萬歲！

Wang Dan's Page

◆玩轉 FACEBOOK 的心得

　　每一次發 FB 的帖子，如果是上午發，幾乎很少回應；然後就是愈夜愈美麗——凌晨 1 點發，最多人回應。結論：第一，用 FB 的年輕人比較多；第二，上午是他們的專門睡覺時間；凌晨是他們最活躍的時間，第三，他們是**職業翹課族**。

◆西方那套哪裡不好？

一個天真小孩老是跟我說「中國不能學西方那一套」，把我搞煩了，告訴他：燈泡也是西方發明的東西，明兒你就天天給我**點蠟燭**過日子去。

Wang Dan's Page

◆《2012》給我的啟示

提到《2012》這部電影，就不能不說兩句了：電影一開始，不是有洛杉磯沉陷到地下的鏡頭嗎？好死不死的，那片街區就正好是我住的地方，連那兩排樹我都熟得很。那時候我坐在電影院裡，眼看著我住了兩年的大樓就那麼掉到地下去了，什麼叫做「觸目驚心」啊，那就是說我那時候的感受呢。所以這部電影，對我有很強的教育意義，它告訴了我一個道理：**還減什麼肥啊，樓都沉陷到地下去了。**

◆異鄉人的大年初二

　　昨晚睡得早，今天很早就起床了。才 8 點多我就神采奕奕，喜氣洋洋地出門了，準備向街上的男女老少們熱烈地點頭問候。結果走了 10 分鐘，居然連一個人都沒有遇到。臺北幾乎成了一座空城！難道，昨天我睡了以後大家沒有通知我，就集體撤離到大陸去了嗎？！再走 10 分鐘，遇到一位老人家，我們默默的看了彼此幾眼，心裡大概同時在想：「**到底是看到了一個活的東西。**」真是好冷清啊，只有我這樣一個異鄉人，在大街上狂奔。

Wang Dan's Page

◆打倒感冒病毒！

　　吃了藥狂睡 9 個小時，早上起來神清氣爽，感冒他老人家走了。這個經驗告訴大家：「有感冒的癥狀要趕緊吃藥休息。」套句中共的狠話，要將感冒「**消滅在萌芽狀態**」。

◆我的校園時光

昨天住在學校提供的宿舍，今天早晨起來在校園裡散步。天啊，很多年沒有住在校園裡了。聽到滿校園的鳥鳴，看著滿校園的學生背著書包匆匆走過，真是親切啊。想想自己這個樣子的時光，竟然是 22 年前了，**我 Kao**！

Wang Dan's Page

◆吃素的真理

　　今天在路上看見一個胖大的和尚施施然走過，讓我頓然開
悟：**吃素是不能減肥的。**

◆就是刪你，怎樣？

　　每次看到五毛悲憤地大叫「**你不是民主人士嗎**？還刪我的帖子？！」的時候，我都忍不住笑出聲來，覺得特別滑稽。

Wang Dan's Page

◆反革命從小開始

　　看北朝鮮人為金日成死而大哭，我就想起來：説當年毛澤東去世的時候我才小學一年級，大院裡有人痛哭的時候，就偷笑來著。**那麼小我就反革命了！**

◆發胖當怪中共無能

　　幾個陸生請我吃飯，我請他們幫我想想，他們周圍有沒有真心擁護共產黨、極為中共辯護的同學？他們幾個啃著指甲想了半天，還是為難地搖頭說「很少很少」。聽了這個答案我真替中共發愁，60 年了混到沒有真心擁護者的地步，多讓人替它發愁啊？！**愁得我都瘦不下來了！**

◆工作狂熱是種病

　　一堆事情列成清單，然後開始一件一件處理。看著清單逐漸縮短，居然會有一種快感。天啊我是不是變成工作狂了？！我不要！

◆今日我最糗

　　路過一家店鋪，人家叫「石敢當」，我看成「不敢當」，還大聲念了出來。**老闆看我的目光怪怪的。**

Wang Dan's Page

◆成長的證明

今天宅在家裡一整天，然後就有些感慨（怎麼這麼多感慨啊你！）：似乎還是不久前的過去，我是不可能一整天不出門的，也不為了什麼，就是一定要出去晃一下。這，就是年輕。現在能宅得住了，說明不年輕了。我默默提醒自己（握拳）：「要鎮靜地、冷靜地、安靜地、恬靜地，**看著自己與年輕時光漸行漸遠。**」

◆有點慚愧

開會時一邊記筆記，一邊上網。跟我上課的時候，那些學生們幹的一樣，以後也不好意思批評他們了—— 一丘之貉啊。

Wang Dan's Page

◆真是好東西

民主是個好東西，Costco 也是。

◆阿姨多吃菜

在《讀者文摘》上看到這樣一段：

過年時親戚們的關心，可以總結為一副對聯；
上聯：考了幾分什麼工作能掙多少呢
下聯：有對象沒買房了吧準備結婚嗎
橫批：呵呵呵呵

對此，正確的答案是：
上聯：這個嘛呵呵呵呵呵
下聯：那什麼哈哈哈哈哈
橫批：阿姨吃菜

我宣布，以後再有人問我諸如「怎麼還不結婚啊」之類的
問題，我都一律回答：「**阿姨吃菜！**」

Wang Dan's Page

不可思議的王丹傳說

王丹表示……

◆傳說 · 王丹曾經現身香港？

王丹表示：「香港不讓我入境。但是，過境滯留只能說是天意！這真是太神奇了，我現在踏上了香港這塊土地！既然好歹也踏上了香港的土地，乾脆就買了一件圖案是『香港』二字的Ｔ恤衫現場換上。」

過境香港機場留念照片之一：頭頂六四！

Wang Dan's Page

◆傳說 ‧ 王丹除了民運，最關心的事情是減肥？

「如果放一把火就能把肚子上的肥肉燒掉，我甘願做一個縱火犯。」 ——王丹

王丹表示：「當年，我們都曾經瘦過。」有圖有真相。

〈成也減肥，敗也減肥〉

王丹又說：「我說要**減肥**，大家都興奮地衝上來點讚。我說讓大家買書來看，大家都不見了。**這是一個什麼樣的漆黑的世界啊**啊啊啊！」

◆傳說 · 王丹也玩 Cosplay ？

　　化身傅斯年，參加 1920 年代大稻埕風華變裝遊行，走了一個半小時。
　　王丹表示：「怎麼一副落魄文人的感覺呢？嘖嘖。」

留言……　　　　　　　　　　　　　　　　　　　　　📷

◆傳說 · 王丹 Facebook 的熱門人名？

線索 1：他不是北一女的學妹，他是王丹的學生。
線索 2：老樣子，有圖有真相。

請作答：＿＿＿＿＿＿＿＿＿＿＿＿

◆傳説 · 王丹到底是怎麼進哈佛的？

源由：王丹於 Facebook 貼出以下照片，並且戲稱：「這是我哈佛博士學位的畢業證書。除了我的名字 Dan Wang 之外，我一個字都不認識！」引發熱烈討論。
有網友單刀直入的質疑：「王丹，**你是怎麼進入哈佛大學的？**」

王丹回應如下：
「請允許我在此公開回答你：**騎腳踏車！**」

Wang Dan's Page

〈題外話〉念哈佛有錯嗎？

　　這些年別人問我哪個學校畢業的時候，假如我如實回答「哈佛」，大多會遭遇到那樣的眼神，好像是說：「你炫耀哦！」

　　所以，現在我學乖了，我遇到這類問題，我都先謙虛一下，說：「東岸一個小破學校。」可是遇到追根究底的一再問「到底哪個學校啊」的時候，我只好還是要說：「沒有啦，就是哈佛。」

　　結果人家露出受傷的眼神，彷彿說──「這也太炫耀了吧！切！」

　　我……

◆傳說 · 王丹販賣違禁品？

〈事情是這樣的〉

　　王丹聲明：「剛才我父母收到北京海關寄來的通知，説我寄給家裡的《中華人民共和國史十五講》被海關沒收。我母親質問之下，他們説是違反了 2007 年頒布的 161 號令第四條第十二項的內容，其中有『污衊共產黨』這樣的相關規定。結果就是，我的書成了**違禁品**被扣押了。如果説毒品是違禁品的話，看來我的書對於共產黨來說就是精神鴉片。**請大家用力購買『精神鴉片』！**」

◆傳說 · 王丹明星風采擋不住？

〈事情是這樣的〉

　　剛才上街買便當，一位婦人認出我，不管我怎麼阻攔，硬是給我付了便當的 70 元，然後拔腿就走，讓我說謝謝都來不及。

　　之前跟一陸生坐車回台北，他見我戴口罩，有點不解地問：「老師感冒了嗎？」

　　我說：「不是，因為還是會被認出來，我怕麻煩。」

　　他很理解地說：「也是啦，這樣就不會被認出來了。」

　　話音剛落，後座一位乘客探身過來說：「王丹先生你好。」

　　已經連續幾次戴口罩還被認出來了。

　　我真是紅到了一個勢不可擋的地步啊！

近況更新　相片　地點座標　生活要事

在想些什麼？

記事・王丹

　　每年 1 月 1 日是一個很好的起點，很多我們慢慢懈怠的事情，都可以重新開始。

今天，你王丹了嗎？

	MON	TUE	WED
	◆每年1月1日是一個很好的起點，很多我們慢慢懈怠的事情，都可以重新開始。		
一月			

THU	FRI	SAT	SUN

◆朋友失戀，陪他聊了一晚上。過程中忽然覺得：面對他，好像在面對多年前的自己啊……於是有點恍然。

◆我現在的狀態是：熟人面前是話癆，生人面前一語不發。據說年紀大了都這樣。

今天，你王丹了嗎？

MON	TUE	WED

◆春節是難得的時刻，錯綜複雜的社會網絡暫時分崩離析，大家重新回到每一條線索的末梢，在最原始的小圈子裡面竊竊私語。

二月

◆祝各位情人節快樂，都能找到一個你愛的，同時也愛你的人。

THU	FRI	SAT	SUN

◆看了一天的書，深夜的時候決定放鬆自己。倒一小杯紅酒，聽 Piazzolla，數窗外馬路上偶爾駛過的車。

今天，你王丹了嗎？

MON	TUE	WED
◆人應當像鴨子一樣，表面上很平靜，但是腳在水底下拼命划水。		
		◆忽如一夜春風來，千樹萬樹梨花開。

三月

THU	FRI	SAT	SUN

◆其實天下最難的事。莫過於找到一個你愛對方跟對方愛你一樣多的人。能找到這樣的另一半，才是人生最大的成功。

今天，你王丹了嗎？

	MON	TUE	WED
		◆年輕的時候應當去遠方。	
四月			

THU	FRI	SAT	SUN
		◆雖然不會做飯，但是喜歡洗碗。也值得鼓勵吧？	
◆感覺現在很多大學生就像夜行動物：他們白天都在睡覺和翹課，晚上則展開五顏六色的翅膀，出沒在各種網絡上，嘴裡還發出磔磔的怪聲。			

今天，你王丹了嗎？

	MON	TUE	WED
		◆不回答也是回答，回答也不一定是回答。	
五月			

THU	FRI	SAT	SUN
	◆每個城市的祕密，都埋藏在夜裡。		

◆時空變幻在我雖然已經不陌生，但是忽然想起，還是有些恍然。人在旅程，就是我的生命圖像。

今天，你王丹了嗎？

	MON	TUE	WED
		◆友情就像紅酒，時間越久越醇厚。	
六月			

THU	FRI	SAT	SUN
	◆當年我坐牢，我母親送我八個字：「問心無愧，隨遇而安」。		

◆我現在對於台海關係，科技進步，糧食安全和外太空探索等等問題的看法，可以全部用三個字概括：太！！！熱！！！了！！！

今天，你王丹了嗎？

	MON	TUE	WED
			◆成熟，就是可以平靜地面對無奈。問題是，這樣的成熟是不是有點可悲？
七月			

THU	FRI	SAT	SUN
	◆喜歡的人不出現，出現的人不喜歡。		
◆7月1日，中國共產黨成立。有時候我真的覺得，我對中共最大的不滿在於：「這樣一個明顯弱智的黨，居然是統治者，這是對中國人的智力的羞辱。」			

今天，你王丹了嗎？

	MON	TUE	WED
			◆今天的行程是這樣的：上午，在家；下午在家；晚上，在家
八月			

THU	FRI	SAT	SUN
	◆決定三天內不看新聞臺，讓耳根清淨一下。		
◆美國民主黨慘敗，證明一點：靠個人魅力和對舊政權的厭惡而當選，是很不靠譜的一個事情。			

今天，你王丹了嗎？

	MON	TUE	WED
		◆走自己的路，不要老看別人。	
九月			

THU	FRI	SAT	SUN
	◆從今天起，做一個不好大喜功的人。集中精力做力所能及的工作，不要什麼事情都想做。		
◆台灣的年輕人站出來了，香港的年輕人站出來了。中國的 90 後也一定會站出來的。敬請期待。			

今天，你王丹了嗎？

	MON	TUE	WED
			◆都沒有人要跟我去夜唱。
十月			

THU	FRI	SAT	SUN

◆在美國，總統大多很瘦，人民大多很胖；在中國，主席大多很胖，人民大多很瘦。這是體重政治學。

◆香港朋友來訪，遞上名片，上面寫著魯迅的一句話：「自由不是錢所買到的，但能夠為錢而賣掉。」這句話，我想向台灣遞上。

今天，你王丹了嗎？

	MON	TUE	WED
	◆什麼時候，我們才能學會不要一廂情願啊？		
十一月			

THU	FRI	SAT	SUN
		◆周末。微雨之夜。決定晚一點睡，聽聽音樂。	
		◆作為一個行者，今天我的成績是：從老孫走到老蔣。就是從國父紀念館走到中正紀念堂。一個小時一身汗，心曠神怡。	

今天，你王丹了嗎？

	MON	TUE	WED
		◆糟糕，失眠。百年不遇啊。	
十二月			

THU	FRI	SAT	SUN

◆聖誕夜，我選擇留在家中。外面世界的熱鬧
猶如背景，我珍視在喧囂中的獨處。

◆忽然有一點杜甫的心情：
「白日放歌須縱酒，青春作
伴好還鄉」。

2014

1

S	M	T	W	T	F	S
			1	2	3	4
5	6	7	8	9	10	11
12	13	14	15	16	17	18
19	20	21	22	23	24	25
26	27	28	29	30	31	

2

S	M	T	W	T	F	S
						1
2	3	4	5	6	7	8
9	10	11	12	13	14	15
16	17	18	19	20	21	22
23	24	25	26	27	28	

3

S	M	T	W	T	F	S
						1
2	3	4	5	6	7	8
9	10	11	12	13	14	15
16	17	18	19	20	21	22
23	24	25	26	27	28	29
30	31					

4

S	M	T	W	T	F	S
		1	2	3	4	5
6	7	8	9	10	11	12
13	14	15	16	17	18	19
20	21	22	23	24	25	26
27	28	29	30			

5

S	M	T	W	T	F	S
				1	2	3
4	5	6	7	8	9	10
11	12	13	14	15	16	17
18	19	20	21	22	23	24
25	26	27	28	29	30	31

6

S	M	T	W	T	F	S
1	2	3	4	5	6	7
8	9	10	11	12	13	14
15	16	17	18	19	20	21
22	23	24	25	26	27	28
29	30					

7

S	M	T	W	T	F	S
		1	2	3	4	5
6	7	8	9	10	11	12
13	14	15	16	17	18	19
20	21	22	23	24	25	26
27	28	29	30	31		

8

S	M	T	W	T	F	S
					1	2
3	4	5	6	7	8	9
10	11	12	13	14	15	16
17	18	19	20	21	22	23
24	25	26	27	28	29	30
31						

9

S	M	T	W	T	F	S
	1	2	3	4	5	6
7	8	9	10	11	12	13
14	15	16	17	18	19	20
21	22	23	24	25	26	27
28	29	30				

10

S	M	T	W	T	F	S
			1	2	3	4
5	6	7	8	9	10	11
12	13	14	15	16	17	18
19	20	21	22	23	24	25
26	27	28	29	30	31	

11

S	M	T	W	T	F	S
						1
2	3	4	5	6	7	8
9	10	11	12	13	14	15
16	17	18	19	20	21	22
23	24	25	26	27	28	29
30						

12

S	M	T	W	T	F	S
	1	2	3	4	5	6
7	8	9	10	11	12	13
14	15	16	17	18	19	20
21	22	23	24	25	26	27
28	29	30	31			

2015

1

S	M	T	W	T	F	S
				1	2	3
4	5	6	7	8	9	10
11	12	13	14	15	16	17
18	19	20	21	22	23	24
25	26	27	28	29	30	31

2

S	M	T	W	T	F	S
1	2	3	4	5	6	7
8	9	10	11	12	13	14
15	16	17	18	19	20	21
22	23	24	25	26	27	28

3

S	M	T	W	T	F	S
1	2	3	4	5	6	7
8	9	10	11	12	13	14
15	16	17	18	19	20	21
22	23	24	25	26	27	28
29	30	31				

4

S	M	T	W	T	F	S
			1	2	3	4
5	6	7	8	9	10	11
12	13	14	15	16	17	18
19	20	21	22	23	24	25
26	27	28	29	30		

5

S	M	T	W	T	F	S
					1	2
3	4	5	6	7	8	9
10	11	12	13	14	15	16
17	18	19	20	21	22	23
24	25	26	27	28	29	30
31						

6

S	M	T	W	T	F	S
	1	2	3	4	5	6
7	8	9	10	11	12	13
14	15	16	17	18	19	20
21	22	23	24	25	26	27
28	29	30				

7

S	M	T	W	T	F	S
			1	2	3	4
5	6	7	8	9	10	11
12	13	14	15	16	17	18
19	20	21	22	23	24	25
26	27	28	29	30	31	

8

S	M	T	W	T	F	S
						1
2	3	4	5	6	7	8
9	10	11	12	13	14	15
16	17	18	19	20	21	22
23	24	25	26	27	28	29
30	31					

9

S	M	T	W	T	F	S
		1	2	3	4	5
6	7	8	9	10	11	12
13	14	15	16	17	18	19
20	21	22	23	24	25	26
27	28	29	30			

10

S	M	T	W	T	F	S
				1	2	3
4	5	6	7	8	9	10
11	12	13	14	15	16	17
18	19	20	21	22	23	24
25	26	27	28	29	30	31

11

S	M	T	W	T	F	S
1	2	3	4	5	6	7
8	9	10	11	12	13	14
15	16	17	18	19	20	21
22	23	24	25	26	27	28
29	30					

12

S	M	T	W	T	F	S
		1	2	3	4	5
6	7	8	9	10	11	12
13	14	15	16	17	18	19
20	21	22	23	24	25	26
27	28	29	30	31		

國家圖書館出版品預行編目 (CIP) 資料

Wang Dan' page：王丹臉書精選輯 / 王丹著 . -- 初
版 . -- [臺北市]：匠心文化創意行銷 , 2014.01
　面；　公分 . -- (王丹自選集；2)
　ISBN 978-986-88887-4-6(平裝)

855　　　　　　　　　　　　　　　102016538

渠成文化　王丹自選輯 002
Wang Dan's Page
王丹 Facebook 精選輯

作　　者　王　丹
圖書策劃　匠心文創
專案授權　公共知識份子
發 行 人　莊宗仁
出版總監　柯延婷
行銷企劃　謝政均
專案執編　古嘉琦
特別感謝　謝青秀
E-mail　cxwc0801@gmail.com
網　　址 https://www.facebook.com/CXWC0801
總 代 理　旭昇圖書有限公司
出版日期 2014 年 1 月　初版一刷
總代理旭昇圖書有限公司
地址新北市中和區中山路二段 352 號 2 樓
電話 02-2245-1480（代表號）
印　　製　安隆彩色印刷製版
定　　價　新台幣 300 元
ISBN 978-986-88887-4-6